올로
졸로
바이크
여행

일러두기

· 본 도서는 국립국어원 표기 규정 및 외래어 표기 규정을 준수하였습니다.
  다만 일부 용어는 입말을 고려하여 쓰였습니다.
· 유튜브 채널명이나 TV 프로그램명은 〈 〉, 노래 제목은 「 」으로 표기하였습니다.

욜로
졸로
바이크
여행

미다람 지음

여행하고 노래하는 라이더의 바이크 라이프

영진미디어

2장. 아찔한 바이크 라이프

그전까지만 해도 누군가 내게 꿈이 뭐냐고 물었을 때 '작곡가' 또는 '싱어송라이터'로 정의했다. 나는 실용 음악을 전공했고, 어렸을 적부터 줄곧 음악을 좋아했으니까. 그래서 음악은 어느 순간 삶의 일부가 아닌 전부가 되어 갔다. 하지만 좋아서 시작한 것이 일이 되면 마음의 무게가 무거워지는 것처럼 내 꿈의 무게 또한 어느새 나 자신을 계속해서 저 아래로 끌어내렸다. 그렇게 깊은 무기력이 바다를 이룰 때쯤이었을까, 빛바래 가는 추억이 불현듯 떠올랐다.

　학창 시절 나의 별명은 자유인이었다. 친구들이 지어 주었는데, 어떤 모습을 보고 그런 별명을 지어줬는지 아직도 궁금하지만, 예상해 보자면 나의 첫 카메라인 캐논 EOS 400D 들고 친구와 풍경 좋은 곳에서 사진을 찍으며 행복해하던 모습에서 비롯된 것이 아닐까 싶다. 여하튼 나는 그 별명이 꽤 마음에 들었다. 그쯤의 나는 시내버스를 타고 혼자 사진을 찍으러 돌아다녔는데, 이 과정에서 얻은 감정은 음악을 창조하는 힘이 되었다. 하고 싶은 일을 하며 얻은 에너지가 삶의 원천이었는데, 지금은 누군가에게 인정받기 위해 바둥바둥 애쓰고 있었다. '나다운 게 뭐였지?' 늘 하는 고민이지만 진지하게 맞닥뜨린 건 꽤 오랜만이었다. 여행을 떠나도 일상의 무게를 좀처럼 내려놓지 못하고, 내가 누군지 되새길 겨를도 없이 시간에 등 떠밀려 이만큼이나 흘러온 것 같았다.

내가 설레던 것, 내가 좋아하던 일, 무엇을 했을 때 가장 나다웠을까를 내내 고민하다 꿈을 다시 정의하기로 했다. '자유인.' 가장 나다운 말이다. 특별한 것 없는 내 모습과 심장박동. 스트레스를 연료 삼아 달려도 늘 제자리걸음인 것 같았다. 무료한 일상에 새로움이 절실했다. 나는 도전할 것을 결심했다. 어렸을 적부터 로망이었던 '바이크 타기'를 시작하기로 마음먹은 것이다. 그때부터 밤낮 가리지 않고 바이크에 대해 이것저것 찾아보기 시작했다. 나는 상상했다. 온몸을 감싸는 몽글한 바람, 그 안에 다채로운 세상의 향기, 눈부시도록 내리쬐는 햇살과 내 모습을. 바이크를 타 보기도 전에, 자유로운 라이더가 되어 있었다. 두려움도 원 플러스 원처럼 달려왔지만, 어쨌든 지금이 아니면 안 될 것 같았다.

누구에게나 각자의 특별함으로 채워지는 인생 정원이 있다. 훗날 나의 정원이 나만의 푸르름을 간직한 모습이길 바라는 마음으로 새로운 여정의 기록을 시작해 보려고 한다.

1장 터닝 포인트

제법 시원해진 바람이 아침저녁으로 불어올 무렵, 나는 고심 끝에 고른 중고 바이크를 만나기 위해 청량리행 기차에 몸을 실었다. 평소 기차를 타면 잠깐이라도 눈을 붙이는 나지만, 이날만큼은 이동 내내 창밖 풍경을 바라봤다. 양평의 넓게 펼쳐진 논 사이의 시골길, 북적북적한 장터, 그리고 하천을 따라 길게 나 있는 한적한 도로.

　‘내가 곧 바이크로 달리게 될 곳이겠구나.’

　아직 실감이 나지 않았지만, 설레는 마음은 이미 기차 소리에 맞춰 두근두근. 덕분에 쪽잠도 없이 단숨에 서울로 향할 수 있었다. 반면 창밖의 풍경과 나는 유리 한 겹으로 완벽히 나뉘어

시선만을 공유할 수밖에 없음을 안타까워하면서도 '조금만 참으면 이 경계를 무너뜨려 바람을 느낄 수 있겠지'라는 기대감으로 서울에 도착했다. 곧바로 거래 장소인 중랑구청으로 향했다.

저 멀리서 하얀색 바이크 한 대가 단기통 소리를 내며 다가오고 있었다.

"이 바이크구나!"

SYM 울프 클래식Wolf Classic125. 나는 쭈뼛거리며 상태를 살폈다. 누가 봐도 초보인 내 모습에, 바이크 주인은 이것저것 친절하게 설명해 주었다.

"제가 깨끗이 타서 바로 타도 문제없을 거예요."

바이크를 보자마자 마음을 빼앗긴 상태였다. 사랑에 빠질 때도 이렇게 쉽게 빠진 적이 없었는데. 아차 싶어 이내 정신을 차리고 점검 사항을 하나씩 살펴봤다. 시동이 한 번에 걸리는지, 누유 흔적이 있는지, 사고 흔적이 있는지 등 미리 준비해 온 체크리스트를 꼼꼼하게 확인했다. 이상 무無. 이미 마음에 쏙 들어온 바이크에 문제가 있을까 봐 얼마나 마음을 졸였던지.

바이크 주인은 내 표정이 겁나 보였는지 다정하게 말했다.

"타 보면 별거 아니에요."

그 말이 꽤 용기가 됐다. 내내 떠나지 않는 미소와 함께 재빨리 서류를 작성하고 키를 건네받았다. 이제 바이크가 내 소유물이라는 기쁨에 한동안 자리를 벗어나지 못했다. 참, 키가 두 개인지도 확인해야지.' 바이크는 보통 여분의 키까지 두 개이니 중고 거래 시에도 되도록 두 개를 받아 두라는 글을 읽었다. 바이크 주인은 깜빡하고 키 한 개를 집에 두고 왔다며 근처이니 곧장 가지고 오겠다고 했다. 확인해 보길 천만다행이었다.

나에겐 그 찰나의 기다림이 길게 느껴졌다. 10여 분의 시간이 흘렀을까, 멀리서 바이크 소리가 들렸다. 그리고 바이크 뒤에 여자친구가 타고 있었다. 그 모습에 또 괜스레 마음이 설렜다. 마치 청춘 영화의 한 장면 같았달까. '누군가와 함께 바이크 여행을 하게 된다면 어떤 기분일까?' 처음 겪는 이 모든 과정이 새롭고 신기했다.

그렇게 보험 가입 및 양수 양도, 번호판 등록 등 모든 서류 절차를 마친 후 바로 구청 앞 주차장에서 몇 바퀴를 돌아보기로 했다. 먼저 키를 꽂고, 기어를 1단으로 바꾼 뒤, 클러치^{Clutch}를 살살 놓으면서, 스로틀^{Throttle} 감기. 수학 공식을 외우듯 머릿속에 입력해 뒀는데, 몸이 마음처럼 따라 주질 않았다. 매뉴얼 바이크 입문자가 많이 하는 실수 중 하나가 '시동 꺼짐'이라고 했다. 이론으로 숱하게 익혀 둬서 나는 다를 줄 알았는데, 보기 좋게 시동이 꺼졌다.

"아, 이게 이런 느낌이구나. 나도 말로만 듣던 시동 끄는 실수를 해 보네!"

실수하면서 우쭐해 보기는 처음이다. 상상으로만 해 왔던 실수여서인지 막상 경험해 보니 재밌기만 하다. 나도 라이더의 세계로 한 걸음 발돋움한 느낌이랄까. 감탄과 불안이 섞인 혼잣말을 내뱉으며 꾸역꾸역 한 바퀴를 돌았다. 사실 두려움도 컸다. '처음부터 어려운 바이크를 고른 건 아닐까?', '이왕 도전하기로 한 거 멋있게 장거리 여행을 떠나 보자!'. 바이크 작동법을 익히는 순간에도 만감이 교차했다. 고민은 잠시 잠재우기로 하고 다시금 바이크를 자세히 감상해 보았다. 바이크 사진을 수백 장도 넘게 남겼다. 어딘가 자랑하고 싶은 마음에 슬쩍 친구에게 사진을 전송했다.

　"오, 짱이다!"

　친구의 괜찮은 반응에 "연습해서 너도 꼭 태워 줄게!"라며 기약 없는 약속도 건넸다. 시작이 반이란 말이 있듯 머지않아 그럴 날이 올 것이라 믿었다. 이리 보아도, 저리 보아도, 마냥 멋지기만 한 나의 첫 바이크. 이게 정말 내 바이크가 맞나? 바이크를 눈앞에 두고도 실감이 나지 않는 기분. 참 오랜만에 느껴 보는 일렁거림이었다. 도전을 위한 준비가 끝났다.

　앞으로 나에게 어떤 새로운 일이 펼쳐질까?

다음 날. 바이크를 타며 주의해야 할 점을 살피며 건전한 바이크 생활을 즐기기 위해 도움이 될 만한 내용을 찾다가 밤잠을 설쳤다. 이미 숱하게 찾아봤음에도 불구하고 다시 한번 복습했다. 앞 브레이크와 뒤 브레이크, 기어 조작법 등 익혀야 할 부분이 많았다. 피아노를 칠 때도 왼손과 오른손의 위치와 쓰임이 다르지만 함께 어우러져야 연주되는 것과 비슷하다. 동시에 페달을 밟기 위한 발의 움직임도 익숙해져야 한다. 나도 바이크라는 악기를 어떻게 연주해야 할지 수없이 상상했다. 무대에 서기 위해 여러 밤잠을 설치며 준비하는 연주자처럼.

거울 앞에 서서 전 주인에게 받은 연습용 반 페이스 헬멧을 썼다. '내 머리가 이렇게 컸나?' 싶을 정도로 우스꽝스럽고 어색했지만, 나름대로 라이더의 태가 나는 것 같아 으쓱해졌다. 책상 위에 다소곳이 놓아둔 키를 들고, 당당히 밖을 나섰다. 파란 하늘과 선선한 바람. 오늘 참 바이크 타기 좋은 날씨구나.

어렸을 적에 언덕에서 친척 오빠의 바이크 뒤에 앉아 너른 시골 풍경을 내려다보며 시원하게 내려오던 기억이 스쳐 지나갔다. 당시 나에게 바이크는 꽤 신선한 충격이었다. 그 후로 틈만 나면 바이크를 태워 달라고 조르곤 했었는데, 어쩌면 바이크와의 인연은 그때부터 시작됐는지도 모르겠다.

어쨌든 이 울프125가 친척 오빠의 바이크와 비슷하다고 생각했다. 물어보니, 친척 오빠의 바이크는 혼다 CG125라고 했다. 지금 보면 작고 귀여운 바이큰데, 초등학생이던 내가 느끼기엔 크고 거친 바이크였다. 그 시절엔 125cc도 컸는데. 125cc 바이크를 갖게 될 줄이야. 잠깐의 추억 회상을 끝내고, 실전에 들어가 보기로 했다.

이미지트레이닝을 했던 대로 움직였다. 키를 꼽고, 기어가 N단, 중립으로 되어 있는지 확인했다. 그리고 시동을 걸어 본다. 고요했던 아파트 단지가 바이크 배기음으로 가득해졌다. 그래 봤자 단기통의 뽈뽈뽈 정도의 귀여운 배기음이었지만, 내 귀에는 오로지 바이크의 움직임만 들렸다.

아파트 단지를 몇 바퀴 돌면서 연습해 보기로 했다. 시동 켜는 것까지는 수월하게 해냈지만, 막상 출발하려니 등에 식은땀이 나면서 머뭇거리게 되었다. 어제 시동을 꺼트린 기억이 겹치면서, 출발까지 체감상 1시간, 실제로는 10여 분을 망설였다. 1단으로 기어를 바꾸고 클러치를 서서히 풀면서 스로틀을 조심스레 감기. 역시나 픽 하고 시동이 꺼진다.

'괜찮아. 다시 한번 해보자!'

조금 불안하기는 했지만, 그래도 두어 번 만에 성공했다. 그렇게 1단으로 아파트 주차장을 돌았다. 저속 주행이었지만 시원함은 여전했다.

'그래, 이 느낌이지!'

스로틀을 조금 더 감아 속도를 내 보았다. 그래 봤자 20km 내외였지만. 그렇게 서너 바퀴를 돌고, 나름대로 다양한 코스로 움직였다. U턴도 해 보고 멈췄다가 다시 출발도 해 보고, 2단 기어까지 사용해 보기. '뭐야 나 잘 타잖아?' 자신감이 붙었다. 생각보다 어렵지 않자, 그동안 왜 이렇게 겁을 냈을까 싶었다. 단스로틀 감을 익히는 데는 시간이 더 필요할 것 같았다.

우쭐해하던 중, 갑작스러운 일이 발생했다. 브레이크를 잡으려고 손가락을 뻗다가 동시에 손바닥으로 스로틀을 아래로 당겨 버린 것. 멈출 줄 알았던 바이크가 앞으로 나가 버리니 예상치 못한 상황에 그대로 바닥에 널브러졌다. 한쪽 다리는 바이크에 흠집이라도 날까 봐 버티는 바람에 깔려 버리고, 기름통에서는 기름이 조금씩 새어 나오기 시작했다. 시동은 자동으로 꺼졌다.

이런 상황에서는 내 몸을 우선하여 바이크에서 벗어나는 게 맞다. 하지만 처음으로 마주한 사고에 적절한 대처를 할 수 없었다. 바이크가 비교적 가볍고, 사이드 백Side Bag이 있어서 망정이지. 눈앞이 깜깜해졌다. 다행히 넘어진 쪽으로 사이드 백이 있어 약간의 틈 덕에 몸은 빠져나올 수 있었지만, 쓰러진 바이크를 혼자서 세우기엔 힘이 턱없이 부족했다.

바이크를 타기 전부터 사고 관련하여 각별히 주의했지만, 예상했던 시나리오 중 가장 최악의 일이 발생한 거다. 쓰러진 바이크를 세우기 위해 아등바등거리자, 마침 지나가던 행인이 바이크를 세우는 데 도움을 주셨다. 이 사건을 계기로 두려움이 몇 배나 큰 덩치로 나를 덮쳤다.

바이크를 타기 전과 다르게 나는 점점 작아졌다. '도로 주행 중이었다면 상상하고 싶지 않은 끔찍한 일이었을 거야.' 스스로 바이크를 잘 탄다며 호기롭던 모습은 온데간데없었다. 바이크를 다시 원래 자리로 가져다 놔야 하는데, 그마저도 두려운 마음이 일었다.

머리로는 '처음이니까 그럴 수 있어. 별것도 아닌데, 털고 일어나자'라고 생각하면서도, 이미 잔뜩 덮쳐 버린 두려움 때문에 겁이 났다. 그래도 언제까지 이러고 있을 수만은 없다고 생각하며 자리를 털고 일어났다. 다시 차근차근 시동을 걸고, 기어를 넣고, 출발했다. 겨우 집 앞에 주차하고, 그날 이후에도 수차례 연습을 시도해 보았지만 좀처럼 닫힌 마음은 쉽게 열리지 않았다.

그렇게 나는 바이크를 바라만 볼 뿐, 주행에 대한 마음의 문은 닫히기 시작했다.

조금 과장해서 몇 날 며칠을 후유증으로 앓았다. 마치 실연당한 것 같았다. 바이크를 타기 위해서 숱한 날을 준비했는데. 결국 이렇게 끝나는 걸까. 조금 더 버티고 연습하면 이겨 낼 수 있겠지만, 이미 마음은 고장 나 버렸다. 나는 스스로 겁쟁이라며 나무랐다. 그래도 큰 진전은 없었다.

모처럼 한 도전에 기가 죽어 있는 내 모습이 웃기면서, 안쓰럽기도 했다. 바이크가 제자리에서 넘어지는 걸 '제꿍'이라고 한다. 제꿍으로 바이크에게 마음이 멀어졌다면, 다시금 마음을 열 수 있는 바이크를 찾아보면 된다. 나는 바이크 타기를 포기하고 싶지 않기에, 스스로 타협하며 다른 방안을 모색했다.

제꿍의 원인은 기어 변속과 클러치 조작의 어려움이었으니, 그 부분만 해결하면 될 것 같았다. 바이크 입문자가 타기 좋은 모델은 뭐가 있을까, 다시 초심으로 돌아가 알아보았다. 사실 답은 나와 있었다. 스쿠터부터 시작하면 된다. 스쿠터는 기어 조작을 따로 할 필요도 없어서 훨씬 수월하게 타고 다닐 수 있다. 엔진이 달린 자전거 정도일 거라고 생각하자, 늘어난 마음의 부담을 어느 정도 내려놓을 수 있었다. '이럴 거면 애초에 스쿠터로 시작할걸'이라고 생각하면서도 앞서 겪은 실수가 값진 경험이었다는 걸 잘 알고 있었다. 시작은 미약하더라도 이 여정의 끝엔 멋진 드림 바이크를 타고 달릴 내 모습을 상상해 보았다.

내가 고른 스쿠터는 혼다 벤리Benly110. 110cc의 스쿠터로 귀여운 외관이 마음에 쏙 들었다. 윈드 스크린, 발판, 탑 박스, 열선 그립, 시거 잭, 프론트 바구니, 이너 바구니 등 거의 모든 옵션이 장착된 중고를 적당한 가격에 잘 구했다. 이쯤 되니 '나 중고 거래에 재능 있나?' 싶기도 했다. 이 정도면 부담 없이 타고 다닐 수 있겠다 싶은 귀여운 벤리110을 데려오게 되었다. 생각한 대로 '엔진이 달린 자전거' 같았다. 첫 주유하니, 기름을 가득 채워도 1만 원의 비용도 안 들었다. 기름통은 총 10L였고, 연비도 공인연비 53km/L. 말도 안 되는 연비라고 생각했다. 어딜 돌아다녀도 기름값 부담은 없겠구나. 울프125를 탈 때는 두려움이 앞섰다면, 벤리110은 정이 마구마구 샘솟는 기분이었다. 이 스쿠터 한 대면 어디든 다닐 수 있을 것만 같았다. 물론 이 또한 부딪혀 봐야 아는 거겠지만.

　　그렇게 나의 본격 '바이크 라이프'가 시작되었다.

연습용 헬멧을 쓴 내 모습은 어렸을 적 유행했던 졸라맨 캐릭터 같았다. 새 헬멧을 구매해야겠다고 다짐했다. 바이크에 어울리는 옷가지와 아이템을 구비하는 것도 재미 중 하나이다. 인터넷에 검색해 보니 반 페이스 헬멧, 풀 페이스 헬멧, 시스템 헬멧 등 종류가 다양했다. 그중 나는 반 페이스 헬멧을 갖고 싶었다. 귀여운 외형이 스쿠터와 잘 어울릴 것 같았다. 사야 할 바이크 장비를 하나둘 알아보니 가격이 꽤 높았다. 안전을 위한 돈이라고 생각하면 아깝지 않은데, 제대로 갖추려면 비용이 만만치 않다.

헬멧을 온라인으로 사면 편하고 저렴하게 구매할 수 있지만, 직접 살펴보고 착용하며 고르고 싶었다. 바이크 장비를 구입할 수 있는 오프라인 매장을 알아봤다. 그리고 서울로 향했다.

클래식한 분위기의 매장. 입구에 들어서니 바이크 용품으로 가득하다. 눈이 휘둥그레졌다. 그중에서도 시선을 끈 것은 매장에 전시된 모토구찌라는 바이크. 사장님의 바이크였는데, 구릿빛으로 튜닝된 오일탱크가 어찌나 멋져 보이던지. 백화점 쇼핑보다 몇 배는 더 흥미로운 이 공간. 천천히 둘러보기 시작했다.

"뭐 찾는 게 있으세요?"

사장님이 나에게 말을 건넸다.

"검은색 벤리110을 타는데 어떤 색상의 헬멧이 어울릴까요?"

사장님은 여러 색상을 추천해 주었다. 대부분의 손님들은 흰색, 검은색, 상아색, 주황색을 찾는다고 했다.

"흔한 색상이 싫으면 펄이 들어간 갈색도 잘 어울릴 거예요."

딱 이거였다. 연습용 헬멧과는 다르게 착용한 모습도 괜찮았고, 색상도 고급스러웠다. 더 고민할 필요도 없이 계산대로 향했다. 사장님은 헬멧을 포장하기 시작했다. 우리는 그 짧은 찰나에 대화를 나눴는데, 그는 자신의 남편과 바이크 라이프를 즐기고 있다고 했다.

"벤리110 잠깐 타다가 더 큰 바이크로 올라가야죠."

"그럼요. 사실은 울프125를 타려다가 꿍을 해 버리는 바람에 처음부터 시작해 보려고요."

사장님은 내 말을 듣더니 처음엔 누구나 그럴 수 있다며 공감해 주었다. 그 공감이 얼마나 위로가 되던지. 실수한 사실을 털어놓는 게 부끄럽기도 했지만 처음 만나는 누군가와 공통된 관심사로 쉽게 공감을 나눌 수 있다는 게 좋았다. 사장님은 바이크를 타고 도로 주행을 하다 보면 라이더끼리 서로 손을 들어 인사하는 문화가 있다고 알려 주었다. 마치 내가 탄 버스의 기사님이 마주 오는 버스의 기사님과 가볍게 인사를 나누는 것과 같다. 아직 경험해 보지는 못했지만, '바이크'라는 연대를 통해 축복을 나누는 것 같았다. 낯설고 거칠게 느껴지던 바이크의 세계가 다정하게 다가왔다.

그렇게 헬멧을 구매한 뒤, 근처 카페에 가서 감상했다. '감상'이란 단어가 적절했다. 헬멧을 쓰고 사진도 찍어 보고, SNS에도 올렸다. 블로그에 매장 방문기를 포스팅하면 방풍 고글도 준다는 말에, 몇 년 만에 블로그 포스팅도 남겼다. 최근에 이렇게까지 즐거운 마음으로 무언가에 몰두했던 적이 있었나. 이제 시작인데 앞으로는 얼마나 더 큰 즐거움으로 하루하루를 채울 수 있을까. 새삼스럽지만, 지금이라도 나의 기쁨에 집중하고자 도전을 시도한 내가 대견했다.

장거리 라이딩 시작, 안반데기

온 세상이 오색찬란하게 물든 10월 말. 드디어 벤리110을 타고 첫 장거리를 떠나는 날이 왔다. 이날을 얼마나 기다렸는지. 제법 쌀쌀해진 날씨 탓에 롱 패딩에 기모 바지, 그리고 스키 장갑까지 착용해야 했다. 단단히도 껴입었다. 태가 안 났지만 따뜻한 게 우선이었다. 완전 무장을 하고, 탑 박스에 짐을 가득 실었다.

'벤리'라는 명칭은 일본어로 편리라고 하는데, 이름 참 잘 지었다고 생각했다. 여행을 통해 벤리110과 더 가까워지고자 애칭도 지었다. 겸둥이.

"겸둥아, 잘 부탁해!"

한국에서는 이륜차가 고속도로를 주행할 수 없다. 고속도로가 처음 만들어진 시점에는 가능했지만 안전상의 이유로 1972년부터 불가능해졌다고 한다. 그래서 이번 여행 내내 국도로 달릴 예정이었다. 시간이 조금 더 소요되긴 하겠지만, 시골길의 풍경을 좋아하기 때문에 오히려 좋았다. 더군다나 겸둥이는 최고 속도 80km 내외였다. 언덕에서는 40km 내외의 속력밖에 내지 못하기 때문에, 교통의 흐름에 눈치 보지 않고 달릴 수 있을 것 같아서 어떻게 보면 장점일 수도 있겠다고 생각했다. 인생의 속도를 낮추면 행복이 보인다는 말이 있듯이 바이크의 속도를 낮추면 영감을 얻는다. 그냥 지나칠 수도 있는 풍경을 속속들이 살펴보며 새로운 감정을 느낀다.

오늘은 친구와 함께 1박 2일 동안 강릉 안반데기를 거쳐 속초, 양양까지 달리는 코스다. 나는 바다가 보고 싶을 땐 강릉의 경포대나 안목해변을 찾았다. 고로, 속초 자유 여행은 처음이었다. 특히 안반데기는 매스컴을 통해 알고만 있었다. 최근에는 예능 프로그램 〈나 혼자 산다〉의 출연진이 별 보는 걸 좋아하여 안반데기를 4시간에 걸쳐 달려갔다고 했다. 더더욱 그 풍경이 궁금했다. 나는 부푼 마음을 안고 출발했다. 볼을 스치는 바람이 제법 차갑다.

먼저 안반데기까지는 원주에서 횡성을 거쳐 대관령까지의 여정이었다. 시골의 풍경은 이미 벼를 다 베어 버린지라 꽤 황량했지만, 겨울이 오고 있음을 실감케 했다. 집마다 굴뚝을 타고 모락모락 솟아오르는 연기, 요즘엔 좀처럼 보기 힘든 정겨운 풍경이었다. 그 연기는 금세 내 몸에 스미고 만다. '여행이 끝날 때쯤이면 이 모든 기록이 내 몸에 배 있겠지.'

시골길을 달리다 보면 괜스레 '할머니는 잘 계실까? 시간 있을 때 한 번 더 찾아뵈어야 하는데…'라던지 평소에 하지 못하는 생각을 하게 된다. 삶에 치여 누군가를 떠올릴 여유조차 없었는데, 라이딩은 내게 생각의 전환과 여유라는 선물을 안겨 준다. 라이딩의 가장 큰 매력 중 하나다.

봉평쯤 지날 때였을까. 아무 생각 없이 앞만 보고 달리다 정신이 번쩍 들었다. 저 먼 곳에서 익숙한 번호판의 차량이 반대편 차선에서 달려오고 있었던 것. 아빠의 차였다. 평소 같았으면 반갑다고 클랙슨도 울리고, 손도 흔들고, 전화도 했을 텐데, 죄지은 사람 마냥 고개를 숙인 채 그대로 지나치고 말았다.

사실 어떻게 보면 죄지은 사람이 맞았다. 아빠 몰래 바이크를 타는 '몰바'를 하고 있었기 때문이다. 아빠는 평소에 바이크를 완강히 반대하는 입장이었기 때문에, 차마 바이크를 탄다고 말하지 못하고 시작한 거였다. 아빠가 바이크를 반대하는 이유는 가족 중에 바이크 사고로 돌아가신 분이 여럿 계셨고, 대부분의 부모가 그러하듯 위험하다는 인식 때문이다. 따지고 보면 그 말은 사실이다. 나 역시 그 점을 잘 알기에 아빠의 걱정을 감내할 자신이 없어 쉽게 말하지 못했다.

순간 아빠를 속이고 바이크를 탄다는 죄책감, 그리고 아빠를 보고도 못 본 척했다는 죄책감에 불효녀가 된 듯한 기분이 삽시간에 몰려들긴 했지만, 지금까지 살아오면서 이렇게 아빠를 속인 적이 없었기에, 정말 솔직히 말하면 짜릿했다.

"야, 방금 우리 아빠 지나간 것 같아."

"어떡해! 연락드려야 되는 거 아니야?"

"안돼, 나 그럼 이번 여행은 여기서 끝일 거야."

친구와 잔뜩 호들갑을 떨다 보니, 반대로 이 상황이 재밌어졌다. 철없던 사춘기 시절로 돌아간 기분이랄까. 친구와 나는 웃음이 터져 버리고 말았다. 로또를 맞을 확률보다야 높겠지만 어떻게 여기서 딱 마주칠 수가 있는지.

안반데기에 가까워질수록 기온과 풍경은 눈에 띄게 바뀌었다. 안반데기는 해발 1,100m에 자리 잡고 있는데, 지대가 높다 보니 안반데기에 가까워질수록 바람이 더 차갑고 매서워졌다. 성난 바람과 함께 긴 강줄기를 따라 안반데기 초입에 다다랐다.

입구부터 길이 꽤 구불구불하고 경사가 가팔랐다. 앞서 말했듯 나의 검둥이는 언덕에서 무려 40km라는 귀여운 속력을 보여 줬기 때문에, 최대한 있는 힘껏 스로틀을 감았다. 있는 힘을 몽땅 쥐어짜는 검둥이의 엔진 배기음. 안쓰러운 마음이 들었지만, 오히려 여기까지 무탈하게 온 게 대단하다며, "달려!", "파이팅!", "힘내!"와 같은 응원을 보내며 다독였다. 응원 덕분인지 괜히 잘 나가는 느낌은 기분 탓이겠지만, 교감이 이루어지고 있는 것 같아 덩달아 에너지가 솟았다.

뒤따라오는 친구는 잘 오고 있나 사이드 미러로 흘금 보니, 어느새 거리를 좁혀 바짝 내 뒤를 쫓아오고 있었다. 그러다가 이내 검둥이와 나를 보기 좋게 추월해 버렸다.

친구는 베스파 LX125라는 스쿠터를 타고 있었는데, 같은 스쿠터인데도 앞질러서 잘도 달린다. 평길에서는 비슷한 속력을 내지만 언덕에서는 훨씬 빠른 속력을 냈다. 친구는 일부러 약을 올리기라도 하듯 한껏 미소를 머금고 앞질러 갔다. 그 모습이 얼마나 얄밉던지. 아직도 그 모습이 잊히지 않는다.

우리는 안반데기에 무사히 도착했다. 한국의 스위스라고 불리는 안반데기. 입구부터 너른 풍경이 펼쳐졌다. 왜 구름 위의 땅이라고 불리는지 이유를 알 것 같았다. '안반'은 떡메로 반죽을 내리칠 때 쓰는 받침판을, '데기'는 평평한 땅을 일컫는다. 안반데기는 고랭지 배추밭인데, 여름에 왔다면 초록빛으로 가득

했겠지만, 지금은 배추를 수확하고 난 뒤라 주홍빛으로 가득했다. 마치 가을 톤 물감을 잔뜩 짜 놓은 팔레트 같았다. 어느 계절에 와도 멋진 곳일 거라고 확신했다.

주차장에 바이크를 주차해 두고 풍력발전기가 있는 정상까지 걸었다. 생각보다 경사가 있어서 등산하는 기분이었다. 이 추운 날씨에도 안반데기를 찾은 사람들의 표정은 밝았다. 친구와 나는 평소에 운동 좀 할 걸 그랬다며 시답잖은 대화를 나눴다. 우리는 걷는 내내 티격태격했지만, 이번 여정은 친구가 없다면 외로웠을 걸 안다. 그러나 입 밖으로 꺼내기엔 간질거리는 말, '함께해 줘서 고마워'. 속으로나마 건네 본다.

풍력발전기에 가까워질수록 안반데기의 풍경은 한눈에 잘 들어왔다. 풍력발전기를 이렇게 가까운 곳에서 본 건 처음이라 그 거대함에 무섭게 느껴지기도 했다. 멍에전망대(지금은 철거되었습니다)는 안반데기 정상에 있는 전망대로, 이곳에 은하수를 보러 오는 사람이 많다고 했다. 나는 가만히 멈춰서 상상했다.

예전에 대관령에서 실제로 은하수를 본 적이 있었다. 꿈을 꾸는 듯한 기분이 들기도 하고, 비현실적인 풍경에 적잖이 충격을 받았다. 해발고도가 더 높은 안반데기에서 마주하는 은하수는 얼마나 더 근사할까. 다음엔 꼭 은하수를 보러 오겠노라고 약속을 걸어 둔 채 발길을 옮겼다.

친구와 나는 다시 바이크를 타고 남은 여정에 올랐다. 내비게이션은 우리가 올라왔던 길의 반대로 내려가라고 알려 주었다. 친구와 나뿐이던 길 위에 멋진 계곡과 채도 높은 단풍이 펼쳐졌다. 완연한 가을이다. 계곡물이 흐르는 소리, 바람에 부대끼는 나뭇잎의 소리, 바닥에서 나뒹구는 낙엽의 소리. 그리고 돌돌돌 벤리110의 배기음 소리가 모여 가을을 연주했다.

처음 느껴 보는 기분이었다. 승용차로 단풍 여행을 떠나면 '목적지에 도착하면 풍경을 즐겨야지'라는 마음이 강했고, 바이크를 이용한 단풍 여행은 가는 내내 온몸으로 가을을 담는다. 따사로운 햇살의 촉감, 바람의 향기, 세상의 소리, 다채로운 풍경. 모든 감각이 여행을 선명하게 만든다. 일상에 둔해졌던 오감이 되살아났다.

다음 목적지는 속초였다. 강릉에 다다르자 집마다 담벼락 사이로 잘 익은 감이 주렁주렁 열려 있었는데, 그 풍경이 참 이색적이었다. 나중에 궁금해서 찾아보니 강릉은 해안성 기후로 비교적 날씨가 따뜻해서 과일 같은 농작물이 잘 자란다고 했다. 강릉의 감은 진상품이었을 정도로 품질이 좋은데, 먹음직스럽게 열린 감을 보니 잊었던 허기가 한꺼번에 몰려왔다. 라이딩하다 보면 풍경도 감상해야 하고, 운전에도 집중해야 해서, 나름

대로 바빠진다. 배고픔은 자연스럽게 잊힌다. 그러고 보니 듣던 대로 연비는 정말 좋았다. 오는 동안 기름값으로 1만 원도 안 썼으니, 여행 경비를 아끼는 효과도 톡톡했다.

오늘의 첫 끼는 속초관광수산시장에서 먹기로 계획했기 때문에 부지런히 스로틀을 감았다. 내비게이션을 보니 어느새 주문진이었다. 끝없는 회색빛 아스팔트에 적응되어 가던 눈앞에 파란 바다가 파노라마처럼 펼쳐졌다. 파도에 부딪히는 윤슬과 눈부신 풍경이 가득했다. 친구도 나도 일제히 환호성을 질렀다. 하얗게 부서지는 파도, 코를 찌르는 바다 내음.

바다를 마주하니 속초에 온 게 실감 나기 시작했다. 목적지까지는 14km 정도의 해안 도로를 달려야 하는데, 사실상 이 여행의 하이라이트였다. 우리는 최대한 이 순간을 즐겨 보기로 했다. 동그란 백 미러를 가득 채운 바다는 꼭 동그란 액자에 걸린 사진 같았다. 그렇게 해안 도로를 쭉 따라 달리던 중 작은 항구의 풍경에 반해 멈춰 서게 되었는데, 바로 양양의 남애항이었다. 갓길에 바이크를 세우고 잠시 쉬었다 가기로 했다. 시리도록 파란 하늘 아래 외로이 서 있는 빨간 등대마저 그림 같았다. 별생각 없이 바다를 바라보며 반복되는 파도 소리를 듣고 있자면, 고민이 잊혀서 좋다. 이게 바다가 주는 매력 중 하나가 아닐까?

그렇게 남애항을 거쳐 양양 해안 도로를 신나게 달렸다. 친구와 나는 인터콤으로 통화하고 있었기 때문에 음악을 듣지 못한다는 아쉬움이 있었지만, 우리는 자체적으로 BGM을 만들어내고 있었기 때문에 문제가 되지 않았다. 오히려 더 좋았다. 제주도는 아니지만, 「제주도의 푸른밤」을 누가 더 목소리를 크게 내나 내기라도 하듯 입 맞춰 불렀다.

우리는 말하지 않아도 알아서 '동해안'으로 가사를 바꿔 불렀다. 누가 친구 아니랄까 봐 이럴 땐 죽이 척척 맞는다. 그 사이 속초관광수산시장에 도착했다. 남애항부터 대략 1시간 정도 소요되는 거리를 친구와 이야기하며 달리다 보니 30분 정도밖에 걸리지 않은 것 같다. 바이크를 남는 구석 자리에 세워 두었다. 평소에 종종 자동차 주차 칸에 세워 두기도 했는데, 작은 바이크가 한 자리를 차지하다 보니 비효율적인 것 같아 주차가 가능한 구석에 세우는 게 오히려 마음이 편할 때가 있다. 헬멧은 원래 탑 박스에 보관하는 편인데 이번엔 짐이 많아 프론트 바구니에 헬멧을 묶어 두었다.

속초관광수산시장에서는 회부터 시작해 아바이순대, 닭강정 등 속초의 대표적인 음식을 먹을 수 있다. 주말이라 사람이 많을 것을 예상하고 오긴 했지만, 인파로 붐비는 시장의 풍경을 보고 입이 떡 벌어졌다. 이내 다양한 음식에 눈에 들어왔다. 간단하게 대게 고로케부터 시작해 보기로 했다. 김이 모락모락, 노릇노릇 바삭한 튀김 안에 고소한 대게 살이 가득했다. 첫 도전부터 기대 이상이었다. 우리는 다양한 음식을 판매하는 식당에서 오징어순대와 아바이순대 새우, 오징어 모둠 튀김을 주문했다.

　　속초관광수산시장 구경은 이쯤 하기로 하고 숙소로 이동
했다. 숙소의 한쪽 벽면은 봉포해수욕장이 푸르게 펼쳐져 있었
다. 침대에 누워도, 커피 한잔을 마시려고 테이블에 앉아도 눈
앞에 바다가 가득했다. 그렇게 보고 싶었던 바다를 넘치도록 채
워 갈 수 있을 것 같았다. 눈앞의 바다는 에메랄드빛이었다. 숙
소에 도착하니 긴 여정의 피로가 몰려왔다. 파도 소리를 들으며
스르르 눈을 감았다. 눈을 감아도 선명한 파도 소리 덕분에 지
금을 음미할 수 있었다.

　　얼마쯤 지났을까, 눈을 떠 보니 어느덧 어둠이 내렸다. 저
녁은 계획을 세우지 않아서, '여행의 마무리를 잘 지으려면 뭘
먹어야 할까'라는 주제로 맛집을 탐색해 봤다. 우리는 가오리찜

을 먹기로 의견을 모았다. 맛집이라고 소문난 한 식당은 속초 등대해수욕장 앞에 있었기 때문에, 다시 속초로 이동해야 했다. 친구와 나는 바이크에 시동을 걸었다.

해가 지니 바람이 제법 차갑게 느껴졌다. 동그란 헤드라이트에 들어온 노란색 할로겐 등을 앞세워 속초로 향했다. 아직 해가 다 지지 않아 분홍빛으로 물든 하늘과 그 하늘을 배경으로 우뚝 솟은 설악산의 모습은 한 폭의 동양화 같았다. 그 호사스러운 풍경을 오른쪽에 두고 라이딩을 만끽해 보았다.

가게 앞에는 대기 번호가 있을 정도로 사람이 많았다. 큰 대접에 넘치도록 푸짐한 가오리찜이 나왔다. 처음 먹어 보는 가오리찜. 부드러운 식감에 달고 매콤한 양념의 조화가 끝내줬다. '아, 하루의 마무리로 제격이네.' 맥주 한잔 곁들이고 싶은 마음이 간절했지만, 아쉬운 대로 탄산음료로 건배를 외쳤다.

친구가 내게 말을 건넸다.

"오늘, 음식도 그렇고, 여행지도 그렇고, 실패 없는 여행이었네. 이래서 다들 속초, 속초 했던 건가 봐."

"한계령이 더 멋질걸. 아직 만족하기엔 일러."

오늘은 모든 게 처음이었다. 친구와 나는 서로 불편한 점도 있었을 텐데 불평 하나 하지 않고 즐거운 마음으로 하루를 마무리했다. 나에게는 오늘이 그저 감사한 하루였다. 그렇게 여행의 시작이 무르익어 갔다.

다음날이 되었다. 이제 집으로 돌아갈 시간이다.

"한번 와 봤으니 이제 언제든 올 수 있겠네. 내년 봄에 한 번 더 오자."

친구가 말했다. 벚꽃이 흩날리는 동해안의 풍경은 어떻게 다를까. 곧 이번 여행이 막을 내리는데도 새로운 목적지에 설레다니. 설렘과 기대가 있기 때문에 더 힘차게 바이크를 몰게 된다. 돌아가는 길은 왔던 길과는 다르게 미시령을 거쳐서 간다. 중간에 한계령도 들르기로 하고 아침 일찍 바이크를 깨웠다.

"오늘도 부지런히 달려 봅시다!"

고맙게도, 날씨 역시 화창했다. 미시령톨게이트쯤이었을까, 저 멀리 거대한 바위가 하늘 높이 솟아 있었다.

"와, 저게 울산바위구나!"

친구와 나는 교과서에서만 봐 왔던 울산바위를 실제로 접하며 놀라움을 감출 수가 없었다. '저게 그래픽이 아니라니.' 비현실적으로 선명하고 거대한 울산바위의 자태는 존재감이 어마어마했다. 이 순간을 사진으로 담아 두지 않으면 두고두고 후회할 것 같았다. 그대로 핸들을 꺾어 한 리조트로 들어섰다. 잠시 시동을 끄고 바이크에 앉아 친구도 나도 한동안 말없이 울산바위를 바라보았다. 한국에서도 이런 절경을 만나 볼 수 있는 거구나. 지금 이 순간만큼은 미국의 요세미티 국립공원도 부럽지 않

앉다. 그렇게 울산바위와의 첫 사진을 기록했다. 나의 벤리110과 첫 인생 사진은 이곳에서 이루어졌다.

　　다시 미시령톨게이트를 지나 미시령터널이 나오기 전까지 다큐멘터리를 시청하듯 울산바위와 설악산을 직관하며 더할 나위 없는 순간을 만끽했다. 한계령까지의 길은 놀라움의 연속이었다. 빨갛고 노랗다는 수식어로는 다 표현할 수 없는 단풍의 향연이었다. 스로틀을 감는 오른손과 열심히 달리는 두 바퀴 덕분에 편하게 바이크 위에 앉아 단풍을 감상하는 기분이란. 정말 환상적이었다.

　　고개를 오를수록 급격히 떨어지는 추위와 씨름하느라 피로가 조금 쌓이는 기분이었지만, 풍경에 매료되어 정신없이 달렸다. 우리는 어느새 한계령휴게소에 다다랐다. 해발 920m에 위치한 한계령휴게소는 장엄한 설악산에 둘러싸여 많은 여행자의 쉼터가 되어 주었다. 고요한 산장 느낌의 휴게소 아래 펼쳐진 풍경 또한 웅장했다. 대자연 속에서 나의 존재가 한없이 작아 보였다. 친구와 나는 낯선 여행객들과 어깨를 나란히 한 채 아무 말 없이 생각에 잠겼다.

　　휴게소 안에는 다양한 기념품과 음식을 판매하고 있었는데, 학창 시절 수학여행이 떠올랐다. 평소라면 관심도 없었을 상품들을 살까 말까 한참 고민하며 다양한 방법으로 순간을 즐겼다.

바이크에 시동을 걸었다. 왔던 길을 되돌아가면 편한데, 휴게소 아래에 펼쳐진 구불구불한 길을 안 달려 볼 수 없었다. 우리는 굳이 산 중턱까지 내려갔다가 다시 올라오기로 했다.

와인딩 코스라고 했던가, 이렇게 구불구불한 길은 처음 달려봤는데 저속으로 달리고 있었기 때문에 어려울 건 없었지만, 길 아래 보이는 절벽에 긴장을 늦추지 않고 달렸다. 집으로 돌아가는 시간이 길어져 몸이 조금 힘들어진대도, 절대 후회로 남지 않을 탁월한 선택이었다고 친구도 나도 확신했다.

아직 갈 길이 멀기에 여정이 끝났다고 말할 순 없겠지만, 가보고 싶었던 곳을 다 둘러보고 집으로 향하며 벅차올랐다. 여행을 시작했을 때의 벅참과는 또 다른 벅참이랄까. 라이딩에 집중하느라 조용했던 친구에게 적막을 깨고 이야기를 건넸다.

"1박 2일 동안 무슨 일이 있었던 거지?"

"스쿠터로 속초 여행이 가능하구나. 여행 오기 전에 스쿠터로 속초에 간다고 하니까 사람들이 그게 가능하냐고 했는데. 전혀 어렵지 않은데? 그렇지?"

"응. 마음먹기 나름인 것 같아. 전혀 어려울 거 없는데."

마음먹기 나름이라는 말. 정말 그랬다. 다양한 바이크로 유라시아 횡단에 성공한 글을 심심할 때마다 찾아보곤 했는데, 어떤 바이크로든 장거리를 오가는 일이 마음만 먹으면 어렵지 않겠구나 싶었다. 여행을 출발하기 전에 어려운 여정일 것이라 지레짐작했다면, 이 여행길은 어렵기만 한 여정이었을 텐데, 수단에 얽매이지 않고 순간을 즐겨야겠다고 마음먹고 떠난 여행이었기 때문에 배로 즐거웠다. 친구와의 짧은 대화에 많은 걸 느끼게 된다.

인생도 마찬가지 아닐까? 내가 걷고 있는 이 길이 한없이 어려운 길이라고 생각하면, 그 길은 계속해서 어려운 여정이 될 것이고, 어렵고 힘들어도 이 또한 하나의 즐거움이라고 생각하면 내 일상은 행복으로 채울 수 있게 되겠지. 낯선 길 위에서 뜬금없이 인생의 교훈을 얻는다. 여행은 좋은 기억을 남겨 주지만, 사실 여행하는 당시에는 잘 모른다. 몸도 힘들고 짧은 일정에 바삐 돌아다니다 보면 오히려 집이 그리울 때도 있다. 그래서 여행은 얻는 게 많은 것이라고 생각한다. 여행할 때는 일상의 소중함을 알게 되고 일상으로 돌아오면 여행에서의 반짝이는 추억들이 내 삶을 가득 메워 주니까. 이번 여행도 그러했다.

나의 첫 장거리 여행, 친구와 나는 그렇게 청춘의 한 페이지를 써 내려가고 있었다.

"바로 다음 여행지를 정해 보자, 우리!"

"좋아, 가 보는 거야!"

나에게는 소중한 가족이자 친구가 있다. 이름은 아쭈. 예전에
키우던 강아지가 아빠가 되어 낳은 강아지인데, 2011년에 태어
나 지금까지 나의 일상을 행복으로 채워 주는 고마운 녀석이다.
대소변 가리는 법을 알려 주지 않았는데도 알아서 척척 해내고,
점프해서 방문을 열어 버리기도 한다. 눈치도 빠르고 똑똑하며
새침한 여동생, 아쭈.

몇 달을 기다려 떠난 여행에서도 집에 있는 아쭈 생각에 빨
리 돌아가야 할 것 같은 기분이 들었다. 아쭈와 함께 라이딩하
면 좋겠다고 상상했다. 스쿠터에 장착된 윈드 스크린 덕분에,

아쭈도 큰 불편함 없이 함께할 수 있을 것 같았다. 마음먹은 김에 바로 펫 용품 가게에 가서 강아지 슬링 백 하나를 구매했다. 그리고 강아지용 선글라스도 준비했다. 가방도 선글라스도 처음인 아쭈의 반응이 궁금했고 상상만으로도 사랑스러웠다. 가방은 경험해 본 물건이라 금방 적응했지만, 선글라스는 시야를 가리는 통에 불편했는지 벗어 버리기를 반복하다가 이내 얌전해졌다.

그렇게 아쭈와의 첫 라이딩이 시작됐다. 아쭈는 내가 강아지 이동장 문을 열면 함께 밖에 나갈 걸 눈치채고 굳이 부르지 않아도 가방에 들어가는 재주 아닌 재주가 있다. 이번에도 슬링 백을 바닥에 두고 "산책하러 갈까?"라고 하니 말이 끝나기가 무섭게 신나서 가방에 쏙 들어간다. 최대한 편한 자세를 찾아 이리저리 가방에 몸을 맞추는 아쭈의 모습을 보고 있자니 너무 귀여워서 아랫입술을 꾹 깨물었다. 평소에도 그런 귀여움 덕분에 내 아랫입술은 이빨 자국이 사라질 수 없었다.

편한 자세를 찾았는지, 얌전해진 아쭈. "좋아, 준비 완료!"를 외치며 헬멧과 열쇠를 들고 당차게 문밖을 나섰다. 앞으로 무슨 일이 벌어질지 모른 채 킁킁거리는 아쭈의 모습이 어찌나 귀엽던지. 바이크에 앉아 아쭈의 편한 자세를 찾기 위해 여러 가지 자세를 시도했다. 두 허벅지 위에 아쭈를 앉힌 후 반응을 살피니 얌전하다. 아쭈가 최대한 바람을 맞지 않게 하기 위해, 윈드 스크린 가운데에 오게 위치를 잡으니 그럴싸하다.

'앞으로 이런 식으로 라이딩하면 되겠다. 좋아, 출발!'

첫 라이딩이다 보니 무리하지 않고 약 30분 거리의 공원까지 가 보기로 했다. 강아지는 달리는 자동차 안에서 바람을 쐬면 마치 자기가 달리고 있는 걸로 착각한다는 말을 들어 본 적이 있다. 과연 아쭈도 그럴까? 처음엔 속도를 30~40km/h로 시작해 봤다. 아쭈는 이것저것 세상을 구경하느라 바쁜 기색이 역력했다. 빠르게 지나는 아스팔트를 바라보기도 했다가, 지나가는 자동차와 사람들을 구경하기도 했다가, 바람 내음을 맡는지 킁킁거리느라 나름대로 바빠 보였다. 매일 산책하긴 했지만, 아쭈에게는 오늘이 또 다른 경험이 될 거라는 생각에 내가 더 신났다.

잠시 신호를 기다리던 중에 옆에 멈춘 자동차에서 아쭈를 보고 귀여웠는지 함박웃음을 지어 주었다. 순식간에 인싸가 되어 버린 아쭈. 그렇게 많은 사람의 시선을 받은 채 공원까지 달려갔다. 서로 말은 통하지 않아도 같은 기분을 느끼고 있는 것만 같았다. 걱정했던 것과는 다르게 조금씩 즐기는 아쭈의 모습을 보며 마음은 한없이 뿌듯해졌다. 매일 밤 어떤 꿈을 꾸는지는 모르겠지만 잠꼬대를 일삼는 아쭈인데, 아쭈의 꿈속에서 그릴 수 있는 또 하나의 추억거리를 만들어 준 것 같아 기분이 좋았다.

그렇게 몇 번 라이딩을 즐기다 보니 이젠 완전한 '댕댕 라이더'가 되어 버린 아쭈. 가방을 바닥에 두기만 해도 알아서 척척 자리 잡고, 선글라스도 얌전히 착용할 줄 알게 되었다. 함께 나가는 라이딩이 아닌 날에도, 내가 헬멧을 쓰면 신발장 앞에 앉아 '언니, 나는?'이라고 말하는 듯한 눈빛으로 뚫어지게 쳐다보는 모습에 여간 미안한 게 아니었다.

아쭈는 라이딩할 때 입을 잔뜩 벌리고 헉헉거릴 때가 있는데, 그 모습이 정말 신나서 환하게 웃는 듯 보여서 어떨 때 사람이 아닐까 싶기도 하다. 첫 라이딩 이후, 아쭈를 데리고 애견 카페에 가서 함께 맛있는 음식을 먹기도 하고, 나만의 아지트인 원주 섬강에 아쭈 간식과 커피, 돗자리 등을 챙겨서 피크닉을 즐기기도 했다. 그리고 치악산에도 데려가 계곡물에 함께 발을 담그기도 하며, 시간이 날 때마다 부지런히 돌아다녔다. 나는 혼자서 하는 라이딩을 즐기는 편인데, 이따금 혼자 하는 라이딩이 외롭다고 느껴질 때, 아쭈와 함께 달리면 친구 열 명, 백 명이 부럽지 않을 정도로 행복했다. 아쭈도 같은 마음이겠지? 반려견은 정말 좋은 친구이자 가족이다.

이런 아쭈와의 추억을 그냥 흘려보내기 아쉬워서 영상과 SNS에 기록하기 시작했다. 그러자 유명 TV 프로그램에서도 섭외가 들어오고, 협찬도 들어왔다. 아쭈 덕분에 재밌는 경험을 많이 하게 되었다. 또 다른 에피소드는 아쭈와 바이크를 타고 한 공원에서 가서 산책한 적이 있는데, 그 모습을 보고 한 어르신께서 간식을 주고 싶은데 못 줘서 미안하다며 1만 원을 쥐여 준 것이다. 이런 일이 있을 수도 있구나, 싶었다. 마음이 참 따뜻한 분이었다. 평소에도 길고양이들 간식을 챙겨 주느라 차에 항상 간식을 가지고 다닌다고 말씀하셨던 게 기억이 난다. 옷깃만 스쳐도 인연이라는데, 전생이 있다면 어르신과 아쭈는 굉장히 특별한 인연이지 않았을까? 그 기억은 여전히 잊히지 않고 따스한 추억으로 남아 있다.

아쭈가 올해로 13살이 되었다. 라이딩을 시작한 지 3년이 다 되어 가는 것 같은데, 늘 건강하게 곁에서 오래 머물러 주었으면 좋겠다. 그 바람을 하루도 빠짐없이 기도한다. 최근에는 많이 바빠지고 조금 게을러지는 바람에 라이딩을 전처럼 많이 못 하고 있는데, 아쭈만 괜찮다면 함께 장거리 여행도 떠나고 캠핑도 하는 게 소원이다. 내 눈에 가장 멋진 '댕댕 라이더, 아쭈' 바람을 제대로 즐길 줄 아는 우리 아쭈.

'아쭈야, 사랑해. 앞으로도 오래오래 나와 함께해 줘!'

멈추지 않는 기변병

벤리110과 한 계절을 보내고, 이듬해 여름까지 이곳저곳 열심히 달렸다. 그 사이 바이크 유튜브 채널인 〈다람의 욜로졸로〉를 만들어 나의 라이딩 일상을 공유하기 시작했고, 골목골목을 누비며 아지트도 만들었다. 바이크를 통해서 느끼는 소소한 행복과 감정을 많은 사람과 공유하며 추억을 차곡차곡 쌓아 갔다.

벤리110과 1년을 함께하다 보니, 정이 들어서 절대 팔 일은 없을 거라고 자부했지만, 그런 나에게도 기변병이 찾아왔다. 기변병이란 기기를 변경하고 싶어 하는 마음에서 나온 말로, '기기 변경'의 줄임말이다. 라이더 사이에서는 불치병이라고 불리기도 한다. 기변병은 뜬금없이 찾아오는 것이라고 들었는데, 이렇게 갑작스럽게 찾아올 줄이야. 사실 벤리110을 타고 장거리 여행을 종종 떠날 때마다 나를 추월하는 수많은 자동차로부터 생명의 위협을 느꼈다.

한번은 이런 적이 있다. 앞차가 계속해서 늦게 가는 바람에 추월을 시도했는데, 한참을 늦게 달리던 자동차가 갑자기 속도를 내어 추월에 실패한 것이다. 아무것도 할 수 없는 상황에 큰 답답함을 느꼈는데, 이때 기변병이 강하게 왔다. 핑계일 수도 있지만, 장거리 여행을 위해서는 기변을 꼭 해야겠다고 마음먹었다.

또 다른 에피소드 중 하나는, 양평 만남의광장에서 있었던 일이다. 일명 '양만장'이라고 불리는 라이더들의 쉼터다. 많은 라이더가 휴식을 위해 들르는 코스 중 한 곳인데, 처음으로 그곳에서 클래식 바이크인 야마하 SR400을 마주하게 되었다. 한 여성 라이더가 킥 스타터로 시동을 거는 모습을 보고 반해 버렸는데, 전부터 클래식 바이크에 매료되었던 나는 그날 이후로 다시금 클래식 바이크의 매력에 빠져 버렸다. 찾아보니 곡선의 디자인이 특이하게 생긴 SR400은 한국에 정식 수입된 바이크가 아니어서 새 바이크를 구매하려면 병행으로 구매해야 했다. 그마저도 판매하는 곳이 없어 구매하게 된다면 중고로 구매해야 하는 상황이었다. 가격을 찾아보니 중고로 700~800만 원 선. 100만 원대 바이크를 타던 내게 700~800만 원은 큰 가격으로 다가왔다. 또한, 주행 중 갑자기 시동이 꺼졌을 경우 일반 바이크와 달리 킥 스타터가 달린 바이크는 발로 시동을 다시 걸어 줘야 하므로 꽤 불편할 것 같았다. 아직까지 울프125의 시동 꺼짐 충격이 마음 한편에 도사리고 있었기 때문에 다른 바이크를 찾아보기로 했다. 쿼터급 클래식 바이크는 사실 선택의 폭이 넓지 않았다(쿼터급 바이크란 250~499cc, 미들급은 500~899cc, 리터급은 900cc 이상의 바이크를 말한다).

시간이 날 때마다 다양한 사이트에서 적당한 바이크 찾기를 반복했다. 그러다 스즈키 ST250E 바이크를 발견했다. 250cc의 단기통 바이크였다. 첫인상은 동글동글한 게 내가 원하는 디자인과는 멀어 보였는데, 계속해서 보다 보니 정이 들었는지 마음에 들었다. 국내에서도 몇 대 없는 바이크라고 하니, 소장 욕구가 더 커졌다. 중고로 나와 있는 바이크도 몇 대 없었는데, 가격대는 500만 원대로 나쁘지 않다고 생각했다. 그렇게 ST250E로 결정해 두고 주행한 km 등 상태도 확인했다. 상태도 좋고 가격도 좋은 바이크를 찾기 위해 며칠간 중고 거래 사이트를 살펴보기 시작했다.

쿼터급 바이크 구매를 하기에 앞서, 125cc 이상의 바이크를 타려면 2종 소형 면허가 필요했다. 2종 소형 면허가 있으면 모든 cc의 바이크를 탈 수가 있는데, 면허를 취득하기 위해서는 두 가지 방법이 있다. 첫 번째는 학원에 다니지 않고 바로 시험장에서 시험을 치르는 방법, 두 번째는 학원에 등록하여 실기 연습을 거쳐 면허학원에서 시험을 보는 방법.

나는 후자를 선택하기로 했다. 안전한 라이딩을 하기 위해서는 꼭 학원에 다녀야겠다고 생각했기 때문에 학원에서 도로 주행 및 여러 가지의 코스를 연습해 미리 익숙해져 보기로 했다. 다행히 내가 사는 원주에 면허 시험을 치를 수 있는 학원이 있어서 집에서 대략 30분가량 떨어진 학원에 등록하기 위해 이동했다. 2종 소형 면허 따기는 새로운 도전이라 마음이 떨렸다. 2종 소형 실패기를 영상으로 많이 접해 와서인지 과연 내가 해낼 수 있을까 싶었지만, 학원에 다니면 대부분 한번에 합격한다기에 이번엔 조금 자신감을 가져 보기로 했다.

처음 학원에 가면 서류를 작성하고 학원비를 결제한 후, 스케줄을 맞추게 된다. 1주일이란 기간 내에 속성으로 시험을 치를 수 있다고 하는데, 나는 2주의 기간을 가져 보기로 했다. 그렇게 주저함 없이 면허학원에 등록했다.

첫 수강 날이 왔다. 학원은 면허증을 따러 온 사람으로 붐볐다. 첫날은 담당 강사가 배정되는데, 인자한 분을 만나게 되었다. 출석 카드로 출석 체크를 하고 바로 실기 코스가 있는 곳으로 향했다. 그곳에는 여러 대의 바이크가 있었는데, 모든 바이크는 미라쥬Mirage250이었다. 미라쥬250은 국내 바이크 브랜드인 KR모터스의 바이크로, 길을 지나다 보면 어르신들이 타고 다니시는 바이크 중 하나기도 하다. 아메리칸이라는 장르로 이해하기 쉽게 설명하자면 할리데이비슨 바이크처럼 생긴 바이크라고 보면 된다.

250cc이지만 크기가 꽤 커서 부담감이 밀려왔다. 학원마다 배치된 바이크의 종류가 다양한데, 대부분 미라쥬250으로 시험을 치른다. 바이크의 상태, 종류에 따라 시험 성공률이 달라지기 때문에, 첫날 어떤 바이크와 함께하느냐는 중요하다. 연습부터 시험까지 한 대의 바이크로 진행하면 더 수월하기 때문이다. 나는 연습용 바이크를 신중히 고르기 시작했다. 외관으로 봤을 때 가장 상태가 괜찮은 바이크를 선택했다.

그렇게 나의 첫 수업이 시작되었다. 시동을 거는 방법, 기어를 넣고 빼는 방법 등 기초적인 이론부터 배웠다. 어느 정도는 알고 있었기 때문에, 이해하는 건 어렵지 않았다. 설명을 듣고 이제 출발해야 하는데, 무거운 바이크는 처음이라 무서운 마음이 들었다. 눈앞에는 다양한 코스가 있었는데, 직선코스, S자코스, 장애물코스, 그리고 가장 어렵다는 대망의 굴절코스. 1단으로 스로틀을 감지 말고 타야 한다는 선생님의 말씀을 새긴 채 첫 출발을 했다.

첫 번째는 직선코스였다. 생각보다 폭이 좁아서 보기 좋게 실패해 버렸다. 출발할 때마다 스피커에서는 출발 신호음과 정해진 선을 넘으면 탈선임을 알리는 방송이 나오는데, 친절하게 '탈선입니다' 음성이 흘러나왔다. 첫술에 배부를 일은 없겠지만, 괜히 머쓱해졌다. 그렇게 여러 번의 연습을 거듭하고 장애물코스까지는 쉽게 통과할 수 있게 되었다.

굴절코스는 거의 90°로 꺾이는 두 개의 구간을 망설임 없이 통과해야 하는 구간인데, 보통 첫 굴절에서 많이 넘어진다고 했다. 출발과 동시에 넘어질지도 모른다는 심리적 압박 때문에 탈선을 피하기가 어려웠다. 오히려 미리 많은 정보를 알아 온 게 독이 된 것만 같았다. 차분히 두세 번 반복해서 연습했다. 그러다 보니 나만의 방식을 터득하게 되었는데, 최대한 선을 밟지 않는 기준에서 오른쪽에 붙어 첫 굴절에서 핸들을 꺾고, 두 번째 굴절코스는 왼쪽에 붙어서 핸들 꺾으면 되었다. 생각한 것처럼 쉽지 않았지만 이내 해내고 말았다. 비록 실제 시험이 아닌 연습이었지만 '합격입니다'라는 안내 방송이 나왔고, 나는 환호성을 질렀다. 선생님께서도 흐뭇한 미소와 함께 칭찬을 건네주셨다.

"이렇게 빨리 성공했던 사람이 몇 없는데, 바이크를 잘 타시네요."

그 말에 얼마나 용기가 샘솟던지. 시험에 합격이라도 한 것처럼 신나 있었다. 초심자의 행운이었던 것일까. 몇 차례 연습하고, 실패와 성공을 번갈아 가며 맛봤다. 첫날 수업을 마치고 그다음 수업부터는 코스뿐만 아니라 장내 도로 주행도 나름대로 시뮬레이션해 보며 여러 가지 운전 방법을 터득했다. 학원비가 전혀 아깝지 않았다. 사전 연습 덕분에 울프125 때의 두려움도 많이 해소되었다. 이제 진짜로 '매뉴얼 바이크를 타고 도로 주행하기'에 가까워졌다.

드디어 시험 날이 되었다. 필기시험도 봐야 했는데, 문제가 어렵지 않아 수월하게 합격했다. 필기시험 후 바로 실기 시험을 쳐야 했다. 꼭 한 번에 붙고 말리라는 다짐과 함께 연습했던 바이크에 '오늘 잘 부탁해'라며 오일탱크를 토닥여 본다. 준비되면 말해 달라던 선생님의 말씀에 몸은 이미 준비가 되었지만, 긴장감에 괜히 시간을 끌어 본다.

"준비됐어요."

"자, 출발선에 서신 후 출발 신호음이 들리면 바로 출발해 주세요. 파이팅."

감독관이 바라보는 앞에서 비장하게 바이크에 시동을 걸고 기어를 바꿨다. 그리곤 천천히 출발선 앞으로 향했다.

'자, 해보는 거야!'

"출발하세요."

안내 방송이 끝나기 무섭게 직선코스 끝 쪽에 시선을 두고 출발. 무사히 통과. 팽팽한 긴장감 속에서 다음 S자코스로 향했다. 시험에서 가장 쉬웠던 코스는 S자코스, 장애물코스였기 때문에 가볍게 통과했다. 이제 가장 걱정이었던 굴절코스만을 눈앞에 두고 있었다.

'긴장하지 말고, 평소 하던 대로만 하자.'

시험을 볼 때 한 번의 탈선은 봐 주기 때문에 마음의 여유는 조금 있었다. 첫 굴절만 통과하면 무조건 합격인 것이다. 떨리는 마음으로 첫 굴절코스는 무사히 통과했다. 두 번째 굴절에서 혹여나 탈선하더라도 무조건 합격이기 때문에 마음은 벌써 환호성을 내지르고 있었다. 그렇게 두 번째 굴절까지 무사히 통과 후 "합격입니다"라는 안내 방송과 함께 "와아! 합격이다!"라며 소리를 내질렀다. 나는 승리의 환호성을 학원이 떠나가라 질러 보았다. 감격스러운 순간이었다. 학창 시절 시험에 100점 맞았을 때도 이토록 기쁘진 않았는데, 간만의 도전에 무탈히 합격을 이뤄 냈다는 게 보람찼다. 이젠 걱정 없이 다양한 바이크를 즐길 수 있게 됨에 한가득 신났다. 벤리110에 시동을 걸어 경기도 광주로 향했다.

나의 벤리110은 평소 친하던 언니가 오늘 데려가겠다고 이야기한 상황이었다. 나의 합격을 기념할 겸 라이딩도 할 겸, 언니에게 직접 가져다주었다. 늘 벤리110과 함께하던 길이 마지막이라고 생각하니 새삼 섭섭했다. '지금까지 무사히 나와 함께 해줘서 고마워. 앞으로 달릴 새로운 길도 신나길 바랄게.' 혼잣말로 이런저런 얘기를 건네 본다. 그렇게 무사히 광주에 도착하고 인수까지 끝냈다. 이제 정말 헤어져야 할 시간이다.

"너무 고마웠어. 덕분에 좋은 추억 많이 만들었어."

옆에 있을 땐 잘 몰랐는데 이렇게나 정이 들었었구나. 앞으로도 잊지 못할 것 같다.

스즈키 ST250E와의 첫 만남

마음에 드는 중고 ST250E를 찾아냈다. 청주에 있는 바이크였는데, km와 상태도 괜찮아 보였다. 나는 판매자에게 직접 보고 싶다고 했다. 감사하게도 원주까지 직접 타고 와 준다고 하여 거래 날짜를 잡았다.

ST250E는 울프125보다 cc와 바이크 자체의 크기도 훨씬 컸지만, 매뉴얼 바이크에 대한 두려움은 설렘에 가려졌다. 빨리 타보고 싶은 마음만 굴뚝 같았다. 더군다나 시험장의 미라쥬250보다는 가벼운 바이크로 알고 있어서 부담되진 않았다. 경험이라는 게 이래서 중요하다. 나는 거래하기로 한 날까지 설렘으로 하루하루를 보냈다.

드디어 거래하기로 한 날이 왔다. 일단 연습이 필요할 것 같아서 아파트 주차장에서 보기로 했다. 멀리서 클래식한 디자인의 ST250E가 내게 달려오고 있었다. 사진으로 봤던 것보다 실물이 훨씬 크고 멋졌다. 나에게 가까워질수록 크롬의 반짝임이 예뻐 보였는데, 그 덕분에 ST250E의 첫인상은 '반짝반짝'이었다.

"안녕하세요, 먼 길을 오느라 고생 많으셨어요."

"그냥 라이딩을 즐기면서 오니까 생각보다 금방 오네요."

나는 이번이 세 번째 중고 거래이다 보니 나름대로 익숙해졌다. 곧바로 확인해야 할 부분을 확인하고 문제가 없어서 거래했다. 입금까지 완료하니, 판매자분은 청주로 돌아가야 해서 태워 드리고 싶은 마음이 굴뚝 같았다. 하지만 내가 누군가를 태워서 먼 거리를 ST250E로 이동하긴 무리였다. 여기서 인사를 드려야 했다.

"정말 감사해요. 앞으로 잘 타고 다니겠습니다!"

"저야말로 감사하죠. 앞으로 잘 부탁드려요. 전 이만 가 보겠습니다."

그렇게 판매자분이 떠난 후 주차장에 서 있는 ST250E를 감상하기 시작했다. 펄이 살짝 들어간 갈색 색상의 바이크. 기대 이상으로 예뻤다. 시트 높이는 770mm로 그리 높지 않아 두 발로 움직일 수 있을 정도였고, 특히나 계기판이 눈에 들어왔는데 클래식 그 자체였다. 연비가 55km/L라고 하는데, 실제 연비와는 차이가 있겠지만 벤리110이 53km/L였으니 더 좋은 연비였다. '내가 이런 바이크를 타게 되는 날이 오긴 오는구나.'

ST250E와의 첫 라이딩은 원주의 한 카페에서 친구와 만나는 것으로 시작되었다. 속초 여행을 함께 갔던 친구인데, 커피 한 잔으로 축배를 들기로 했다. 이전과 달라진 점이 있다면 헬멧에 액션캠을 장착해서 이 순간을 남길 수 있다는 것. 나름 유튜버의 태가 나는 것도 같았다. 나는 ST250E에 시동을 걸었다. 전에 느껴보지 못한 배기음에 마음이 벅차올랐다. 그리고 첫눈에 반했던 계기판에 불이 들어오니 배로 멋지다고 생각했다.

카페까지는 약 20분 정도의 거리였는데, 학원에서 연습했던 모든 게 빛을 발하는 순간이었다. 얼마나 재밌던지. 날이 제법 추웠지만 찬 바람조차 달콤하게 느껴졌다.

연습한 대로 자신 있게 기어 변속도 해 본다. ST250E는 변속기가 5단까지 있는데, 3단밖에 사용을 못 했다. 3단 이상은 아직 무서운 초보 라이더. 그렇게 3단으로 높은 RPM을 쥐어짜며 달렸다. 낮은 RPM에서 고속으로 달리다 보니 핸들에 진동이 많이 느껴졌는데, 그 진동감마저 재밌게 느껴졌다. 한껏 상기된 목소리로 혼잣말을 하면서 카페에 도착했다.

"이야, 네가 사진으로 보여 준 것보다 실물이 훨씬 예쁘다."

"그치? 나도 처음에 보고 놀랐어. 너도 한번 앉아 봐."

"와 서스펜션Suspension 봐. 나 이제 너랑 어떻게 다니냐, 나도 기변병 확 오네."

"기변병은 무조건 전염된대. 너도 바꾸자!"

"일단 너 타는 거 보고 나도 천천히 생각해 봐야겠다."

"이젠 언덕길에서 내가 널 약 올릴 수 있게 됐지롱."

"하지마 진짜… 내가 잘못했어."

친구와 함께하니 기쁨은 배가 됐다. 우리는 바이크 지식이 해박하지 않아도, 공통 관심사를 통해 시간 가는 줄도 모르고 이야기했다. 돌아가는 길에는 기어 변속을 5단까지 시도해 보기로 했다. 막상 해 보니 별것도 아니었다. RPM에 맞춰 기어를 하나씩 올리기. 진동도 점점 줄어들고 주행감이 부드러워졌다. 단, 계기판에 기어 단수가 표시되지 않아 내가 몇 단까지 넣었는지 기억하는 습관을 더 길러야 했다. 카페에 갈 때도 그랬지만 집으로 돌아가는 길 역시 시동 한 번 안 꺼트리고 무사히 도착했다. ST250E와의 첫 라이딩은 이렇게 끝이 났다.

ST250E로 대략 15kg 무게의 짐을 가득 싣고 친구와 캠핑도 가고, 장거리 여행도 많이 다녔다. ST250E 또한 나와 평생 함께할 바이크라고 생각할 만큼 만족하며 잘 타고 다닐 때쯤 내게 어김없이 기변병이 찾아왔다. 리터급 바이크가 궁금해지기 시작했다. 보통 125cc에서 쿼터급으로, 그다음 미들급, 리터급 순서대로 기변을 하는 경우가 많다. 그러나 나는 125cc에서 스쿠터로, 그 후에 쿼터급으로 기변을 하고, 미들급을 건너뛰고 리터급을 타고 싶었다.

바이크를 타기 시작하면 최종적으로 갈망하는 '드림 바이크'가 생기기 마련이다. 나의 드림 바이크는 혼다 CB1100이었다. 혼다의 CB 라인은 60년 가까운 역사가 있는데, 그중 가장 큰 바이크가 CB1100이다. 1,100cc의 클래식 바이크로 4기통을 가진 바이크라는 점에 큰 매력을 느꼈다. 지금까지 단기통만 타 본 내게 4기통 엔진은 어떤 느낌일까. 그 호기심을 시작으로 나의 기변병은 불치병이 되어 갔다.

CB1100 스탠다드, CB1100EX, CB1100RS 종류도 다양했다. 스탠다드와 EX 모델의 외형은 거의 흡사했지만 시트고, 변속기, 출력과 토크, 무게, 머플러 개수, 탱크 용량 등 다양한 차이가 있었다. EX가 더 최근에 출시된 바이크였지만, 나는 슬림

한 스탠다드 모델이 마음에 들었다. 큰 차이는 아니지만 비교적 낮은 시트고와 슬림한 디자인, 싱글머플러 등 여러 가지 요소가 스탠다드 모델을 찾아보게 만들었다. CB1100 스탠다드는 ST250E처럼 병행으로 국내에 입고됐다. 연식이 2014년까지 출시된 제품이라 새 바이크를 살 방법이 없었다. 게다가 중고 시장에서도 희귀한 바이크라 마음에 드는 매물을 찾는 데 시간이 걸릴 것 같았다. 늘 그래왔듯 몇 날 며칠을 이곳저곳에 검색하며 마음에 드는 CB1100이 있는지 찾아보기 시작했다. 드디어 마음에 드는 CB1100을 발견했다.

국내에 2~3대밖에 없다는 CB1100 스탠다드 블랙에디션이었다. 블랙에디션의 차이는 엔진룸까지 모두 검은색이었는데, 머플러도 좋은 소리로 유명한 요시무라 블랙머플러로 튜닝된 바이크였다. 올블랙을 하고 있는 CB1100의 모습에 이거다 싶었다. 가격은 1,000만 원 정도. ST250E를 구매할 때 500만 원에도 망설였던 나였는데 1,000만 원이라니 이게 맞는 걸까 싶었다. ST250E로도 충분히 즐거운 라이딩을 즐길 수 있는데 욕심이 아닐까 수차례 고민하고 망설였다. '그래도 드림 바이크는 타봐야 하지 않겠어?' 내 마음이 말했다. 기변병이 무서운 게 한번 마음에 드는 모델이 생기면, 다른 건 잘 보이지 않는다는 점이다.

바이크는 센터에서 대리 판매를 하고 있었다. 나는 많은 질문을 건네며, 영상으로 바이크 상태도 확인했다. '에라 모르겠다!'

더 이상의 고민은 시간만 지체할 뿐이란 걸 잘 알고 있었다. 늘 그래 왔으니까. 비록 직접 확인하지 못했지만, 믿어 보자는 마음으로 구매를 결심했다. 문제는 이 바이크의 판매 지역이 경남 창원이어서, 내가 있는 곳과 거리가 있었다. 나는 바이크를 용달로 받기로 했고 받기 전에 대리점에서 한 번 더 점검해 주었다.

드디어 집 앞에서 나의 드림 바이크, CB1100을 마주하게 되었다. ST250E의 첫인상이 반짝반짝이었다면, CB1100은 번쩍번쩍이랄까. 햇살 아래 CB1100은 모든 빛을 머금고 초롱초롱 존재감을 뽐내고 있었다. 크기가 크다 보니 크롬이나 오일탱크에서 반사되는 빛이 배로 눈이 부셨다. 게다가 장엄했다. 바이크는 사진으로 보다가 실물을 마주하면 늘 상상보다 덩치가 컸는데, CB1100은 더욱 그랬다. 240kg의 무게이다 보니 웬만한 바이크 중에서도 무거웠다.

이게 4기통 클래식 바이크의 위엄이구나. 그렇게 삐그덕거리며 첫 라이딩을 했다. 사이드 스탠드 때문에 기울어진 바이크를 똑바로 세워야 했는데, 쉽지 않았다. 몇 번의 시도 끝에 간신히 성공 후 시동을 걸어 봤다. 벤리110과 ST250E의 배기음은 뽈뽈뽈에 가까운 소리였다면 4기통 엔진의 배기음은 부웅하는 단단함이 있었다. 묵직하면서도 차분했지만 강렬했다. 단기통은 고양이의 야옹이었다면 CB1100의 배기음은 사자의 어흥 하는 포효였다. CB1100은 순식간에 카리스마로 주변 공기를 메웠다.

　조심스럽게 기어를 넣고 출발했다. 차분하고 부드러운 느낌과 동시에 힘이 넘친다. CB1100은 리터급의 모범생이라고 불리기도 했는데, 가지고 있는 이미지와 스펙에 비해 주행감이 부드럽고 고속보다는 중저속에서 더욱 매력이 발산되는 바이크이기 때문이다. 직접 주행해 보니 무슨 말인지 이해되었다. 유유자적 라이딩을 추구하는 내게 더할 나위 없었다.

　ST250E를 타 봐서인지 금방 적응할 수 있었다. 나는 번호판을 달고 바로 장거리 카페 라이딩을 가기로 했다. 무거워서 꺼리는 바이크 중 하나라는데, '이런 대단한 바이크를 내가 타

보다니!'라며 뭣 모를 성취감에 잔뜩 취해 보기도 했다. 그렇게 CB1100과 함께 순간의 즐거움을 만끽하며 부지런히 이곳저곳 바쁘게 돌아다녔다. 지금까지 바이크와 가 봤던 곳 중 가장 먼 곳으로 투어를 함께하기도 하고 그 어느 때보다 다양한 도시를 함께했다. 그리고 뒤늦게 초롱이라는 이름을 붙여 줬다. 첫인상도 그랬지만, 볼 때마다 반짝반짝한 모습으로 날 설레게 하는 매력에 초롱이라는 이름을 붙여 줄 수밖에 없었다. 초롱초롱.

CB1100이 지금까지 내가 탄 바이크 중에 가장 만족스럽게 오랫동안 함께한 바이크다. 물론 시내 주행 기준으로 15~16km/L의 좋지 않은 연비였지만, 크게 단점이라 생각하지 않고 신나게 타 왔다. 하지만 연비 외에 아쉬운 점이 딱 하나 있었다. 한번 타고 나가려면 많은 채비를 해야 했기 때문에 가까운 거리를 갈 때나 소소하게 즐기기에는 다소 불편한 점이 있었다. 가볍게 오다니기엔 벤리110이 딱이었는데, 지금 타는 CB1100은 꽤 번거롭달까.

"나 서브 바이크가 필요한 걸까?"

나의 서브 바이크, 슈퍼커브110!

내가 바이크를 타기 전에 친구가 한 바이크를 보여 준 적이 있다. 이 바이크를 사고 싶다며 어떠냐고 내게 물었는데, 당시 바이크를 잘 모르던 나는 그저 배달용 오토바이 같다며 왜 이런 걸 사냐고 답했던 적이 있었다.

한국에서 대림 CT100이라고 배달용으로 많이 사용되던 바이크가 있었는데, 그 바이크가 이 슈퍼커브Super Cub110을 모티브로 제작된 것이라고 했다. 슈퍼커브 감성을 모르냐며 친구가 면박을 줬다. 몇 년간 바이크를 타며 다시 보니 누가 이 귀엽고 예쁜 바이크를 배달용 바이크라고 생각할까, 라며 과거의 나는 까맣게 잊어버린 채 갖고 싶어졌다. 미웠던 사람도 알고 보면 좋은 사람이라는 말과 비슷한 맥락일까.

색상도 노란색, 분홍색, 빨간색, 주황색, 상아색, 초록색, 파란색 등 나열하기에도 벅찰 정도로 다양한 색을 가진 110cc의 슈퍼커브110. 매력에 한번 빠지면 헤어나기 힘들다. 연비도 62km/L로 서울에서 부산 가는 데 편도 기름값이 1만 원 미만이었다. CB1100을 타면서 서브 바이크로 슈퍼커브110을 살까 말까 망설였다. 바이크 두 대를 잘 관리할 수 있을까, 막상 바이크가 두 대가 되면 하나만 타게 되지 않을까 등 크게 걱정할 일도 아닌데 고민에 빠졌다.

그런 나에게 친구가 말했다.

"커브 관리? 할 게 뭐 있어. 자주 타고 오일이나 제때 갈고 점검 때 되면 한 번씩 받으면 돼. 고장 나면 널린 게 부품이고 값도 얼마나 저렴한데. 우리가 늘 하는 말 있잖아. 후회하더라도 일단 지르고 후회하자고. 근데 후회 안 할걸."

이 친구가 자신만만하게 이야기하는 이유는 친구도 슈퍼커브110을 타고 있으며, 내게 넘기려고 하고 있기 때문이었다. 친구의 슈퍼커브110은 주황색이었는데, 평소 내가 갖고 싶었던 건 상아색이라 관심이 없다가 자꾸 보니 정이 들었는지 오히려 주황색이 귀여웠다. 그렇게 친구의 꾐에 넘어가 순식간에 데려오게 되었다.

국내에서 슈퍼커브110의 인기는 대단했다. 아기자기하게 꾸미는 맛이 있어서 각자의 개성대로 튜닝하여 자신의 SNS에 자랑하곤 했다. 나는 그들의 사진을 보며 시간을 보냈는데, 그 재미가 쏠쏠했다. 더군다나 CB1100으로 기변을 하면서 아쭈와 라이딩하는 시간도 자연스럽게 줄었는데, 슈퍼커브110을 데려온 이후로는 다시 아쭈와 라이딩을 즐기는 시간도 많아졌다. 스쿠터가 아닌 기어가 달린 바이크였지만, 클러치 조작이 필요 없는 바이크라 운전하기도 편하고 짐대에 캠핑 장비를 잔뜩 올려도 무리 없이 잘 달렸다. 효녀가 따로 없었다.

핸들에 퍼지는 진동 때문에 장거리 운행 시 손바닥이 약간

저리다는 단점이 있고, CB1100을 타다 보니 힘이나 속도감이 아쉬웠지만 두 기종은 비교 대상도 아닐뿐더러 용도가 다른 바이크였다. 바라보고만 있어도 동네 골목골목을 달리고 싶은 기분이 들었다. 슈퍼커브110을 친구에게서 인수한 날 바로 서울 라이딩을 즐겼다.

동묘시장을 시작으로, 망원한강공원, 홍대, 광장시장으로 라이딩 코스를 짜고 하루 종일 지겹도록 달렸다. 영하의 날씨 속에서 지칠 때까지 탔다. 바이크에 앉아 동묘시장을 구경하는 건 너무나 재밌는 일이었다. 걷는 것과는 또 다른 즐거움이었다. 슈퍼커브110에 앉아 화려한 성산대교에 비친 한강을 바라보기도 했다. 몇 년 전 잠깐 살았던 합정 골목길을 달려 보기도 하고, 비좁은 전철을 타지 않고도 맛있는 음식을 먹으러 다니며, 특히나 주차 공간이 협소한 서울에서 쉽게 주차할 수 있다는 점이 얼마나 재밌던지. 첫날부터 나는 그렇게 슈퍼커브110에게 '슈'며 들었다.

2장 아찔한 바이크 라이프

다시 한번 말하자면 몰바는 내가 가족에게 바이크 탄다는 사실을 숨기는, '몰래 바이크 타는 것'의 줄임말이다. 보통 바이크는 위험하다는 인식이 있어서 가족이 싫어하는 경우가 왕왕 있다. 그 때문에 특히 부모님에게 숨기는 경우가 많다. 나 역시 그랬다. 친가 쪽에 바이크를 타다가 사고로 돌아가신 분들이 있어서, 아빠가 더욱더 반대할 수밖에 없는 입장이었다.

이런 상황에서 나는 아빠 몰래 잘도 타고 다녔다. 이렇게 몰래 타고 다닐 수 있었던 이유는, 아빠가 의심조차 못 했기 때문이다. 라이딩을 나갈 때는 아빠가 다른 일에 집중하고 계실 때 잽싸게 나왔고, 백팩을 메고 다니며 헬멧을 가방에 숨기기도 했다. 벤리110은 헬멧을 탑 박스에 보관하면 되었기 때문에 더더욱 들킬 일이 없었다. 그러다 보니 계속해서 몰바 라이프를 유지할 수 있었다. 그런 내 모습이 우스꽝스럽기도 했지만, 바이크에 대한 열정이 앞서서 포기하고 싶진 않았다.

하지만 ST250E로 기변을 하고 난 후 헬멧을 보관할 곳이 마땅치가 않아, 몰바 라이프에 난항을 겪게 되었다. 헬멧을 반 페이스에서 풀 페이스로 바꾸는 바람에 숨기기가 더욱 어려워졌기 때문이다. 매번 마음 졸이며 바이크를 탔고, 귀가할 때면 이게 맞는 방법일까, 고민하는 나날을 보냈다.

그러던 어느 날, 큰집에 두고 온 물건이 있어 다녀올 일이 생겼다. 바이크가 없을 때는 아빠 차를 이용해서 다녀왔으나, 처음으로 바이크를 타고 큰댁에 가기로 결심했다. 물론 큰댁 역시 바이크에 대한 안 좋은 기억을 가지고 있어서 걱정되긴 했지만, 이날따라 라이딩이 너무 하고 싶었다. 나는 바이크를 타고 30분 거리인 횡성으로 향했다. 신나게 라이딩하는 와중에도, '바이크를 어디에 세워야 안 보일까'라던지, '들키면 어떻게 해야 하지'라는 등 고민과 잔꾀를 부렸다. 그러다 보니 어느새 도착하게 된 큰집. 먼저 큰집과 조금 떨어진 곳에 주차했다. 주변이 평야 지대여서 마땅한 곳이 없었으나, 전기 발전기와 전봇대가 있는 곳을 찾아 최대한 안 보이게 주차해 두고 큰댁으로 향했다.

큰엄마께 인사를 드리고 서로의 안부를 주고받으며 두고 온 물건을 챙겨 밖으로 향했다. 큰엄마께서 배웅을 위해 함께 밖으로 나오려고 하셨다. 나는 "괜찮아요. 날씨도 추워서 안 나오셔도 되는데, 감기 걸리세요"라며 당황한 기색을 숨기며 말씀을 드렸지만, 큰엄마께서는 집 앞에 나가는데 어떠냐며 함께 문밖을 나서게 되었다. 평소 큰댁을 들르면 차를 주차하는 공간이 있는데, 그곳에 주차된 차가 없는 걸 확인하시곤 "차가 없네. 뭘 타고 어떻게 왔어?"라며 어리둥절해하셨다. 나는 우물쭈물하며 "아 사실은… 저 밑에 저거 타고 왔어요"라며 손으로 바이크가 있는 곳을 가리켰다. 큰엄마께선 한층 높아진 목소리로 "저거 오토바이? 진짜야?"라며 놀란 기색이었다.

"아, 네… 천천히 조심히 타고 다니고 있어요. 아빠는 아직 몰라서 일단 비밀로 해 주실 수 있나요?"

"아이고, 오토바이 위험해서 타면 안 돼. 어쩌다 오토바이를 샀대."

나는 우리 가족이 가진 바이크에 대한 인식 때문에, 당연히 혼날 줄 알았다. 그런데 걱정을 먼저 해 주시는 모습에, 더욱 죄송한 마음이 들었다. 동시에 앞으로 정말 안전하게 바이크를 타야겠다는 사명감이 생겼다. 큰엄마와의 대화를 끝내고 마지막으로 인사를 한 번 더 드렸다. 마지못해 웃어 주신 건지는 모르겠지만, 그래도 웃으며 조심히 타고 다니라고 말씀해 주셨다. 덕분에 무거웠던 마음이 조금 해소되었다.

하지만 '아빠가 알게 되면 어쩌지'라던 가정이 코앞에 다가온 기분이라 새삼스럽게 걱정되었다. 집으로 돌아가는 길 내내 난관을 이겨 낼 방안을 골똘히 찾기 시작했다. '매도 먼저 맞는 게 낫다는 말처럼 오늘 그냥 아빠한테 고백해 버릴까?', '그러다가 바이크를 팔아야 하는 상황이 오면 어쩌지?', '그래도 언제까지 몰래 탈 수는 없잖아. 어떻게 보면 오늘이 기회일지도 몰라'라며 내 안의 천사와 악마가 나를 잡았다 놓았다 하는 기분이었다.

'그래, 오늘인가 보다. 오늘 그냥 다 고백해 버리자.'

순간 무슨 용기였는지 모르겠지만, 마음먹은 김에 말씀을 드리기로 했다. 정말 큰 용기가 필요했다. 그렇게 다짐하고 나서도, 그 이후의 상황을 상상하느라 머리가 지끈거렸다. 숱한 생각에 시달리며 달리다 보니 눈 깜짝할 새에 집에 도착했다.

'좀 더 천천히 올 걸 그랬나…'

막상 집으로 들어가려고 하니, 겁이 났다. 나는 주차장에서 한참을 망설였다. 어차피 마주해야 할 일이라는 생각에, 전쟁터에 참전하는 용사의 표정으로 헬멧을 손에 들고 집 문을 열었다.

아빠는 거실에서 빨래를 개고 있었다.

"아빠, 큰댁에 두고 온 물건 챙겨 왔어."

말을 건넴과 동시에 아빠의 시선은 나에게로 향했다. 두꺼운 패딩에 가려진 헬멧을 아직 발견하지 못하신 듯했다.

"뭐 타고 갔다 왔냐, 차 키 저기 있던데"라는 말이 끝남과 동시에 "나 오토바이 타고 갔다 왔어"라며 헬멧을 치켜들어 아빠에게 공개했다.

"뭐? 오토바이? 횡성까지 미쳤어. 다치면 어떻게 하려고 그래?"

"조심히 타고 왔어."

"아이고."

그런데 예상했던 것과 달리 아빠의 반응이 차분해서 오히려 내가 당황스러웠다. 긴장이 풀리면서 웃음이 터져 나왔다.

"오토바이 타는 거 뭐라고 안 하는 거야?"

"어쩔 거야, 그럼."

"하하하."

그리곤 바로 빨래에 대한 걱정으로 이야기 주제가 바뀌었다. 이럴 줄 알았으면 숱한 날을 고민하고 마음 졸이지 않았을 텐데. 물론 이런 상황일 거라곤 상상도 못 했지만, 그래도 좋게 넘어가서 속이 뻥 뚫리듯 마음이 시원해졌다.

나중에 들은 얘기지만 아빠에게 "어떻게 그렇게 쉽게 허락해 줄 수 있냐"라는 질문에 "네가 어떻게 오토바이를 타고 다닐 생각을 했는지, 내 딸에게 이런 면이 있는 줄 몰랐다"라며 용기가 가상해서 눈감아 주었다고 했다.

예상해 놓은 시나리오가 많았는데, 모두 빗나갔다. 결말은 퍽 싱거웠다. 이 순간을 기록하고 싶어 영상으로도 찍어 유튜브에 업로드했는데, 나와 같은 처지에 놓인 분이 많아서인지 공감의 댓글이 달렸다. 그중 몇몇 댓글이 "이러다 아버지도 바이크를 타는 것 아니냐"라는 말을 했다. 그 댓글을 보고 난 뒤, 나는 '이거다'라는 생각이 들었다.

　아빠에게 바이크를 직접 보여 드리면 어떤 반응일지, 만약 반응이 나쁘지 않으면 아빠도 함께 바이크를 타면 어떨까 하는 상상을 했다. 나는 실행에 옮겨 보기로 했다. 바이크를 고백하기까지는 수많은 시간이 걸렸으면서, 이럴 땐 실천력이 참 빠르기도 한 것 같다. 앞으로가 나의 바이크 세계가 재밌어지겠다는 확신이 들었다.

나는 아빠에게 몰바를 고백한 후 생각에 잠겼다. 아빠의 반응이 나쁘지 않은 걸로 봐서 '사실은 아빠도 바이크에 로망이 있는 건 아닐까?'라는 생각이 들었다. 바이크가 위험하다는 인식과 주변 사건들 때문에 반대해 왔지만, 마음속에 흠모의 씨앗이 자리 잡고 있진 않을까.

　왜냐하면 아빠는 20대에 종종 큰아빠의 바이크를 빌려 타곤 했다는 이야기를 들었다. 엄마와 연애 시절 데이트가 끝난 후 큰아빠의 바이크에 엄마를 태우고 비포장도로를 달려 엄마의 집까지 데려다준 적이 있다고 했다. 그 이야기를 듣고 상상을 해 봤는데, 괜스레 내 마음이 다 설레곤 했다.

'참, 엄마 아빠에게도 그런 뜨겁던 청춘의 시절이 있었지.'

몰바를 고백하고, 허락도 받았으니 내친김에 바이크도 보여 주면 어떨까 궁금해졌다. 오히려 반감을 사게 될지 아니면 이번에도 예상하지 못한 반응일지, '허락받았으면 됐지, 바이크까지 보여 주는 건 좀 아니려나'라는 생각도 들었지만, 내가 타고 다니는 바이크가 어떤 바이크인지 꼭 한번 보여 드리고 싶었다. 나는 나름대로 계획을 짜 보기 시작했다.

집 앞에 주차해 놓고 아빠를 잠깐 불러내서 보여 주는 방법과, 종종 강아지를 산책시키는 원주 MBC에서 내가 직접 주행하는 모습을 보여 주는 방법이 있었다. 나는 두 번째 방법을 선택했다. 그렇게 날씨가 화창한 어느 날, 나는 ST250E와 원주 MBC로 향했다.

이 과정을 영상으로 기록하면 좋겠다고 생각해서 카메라를 짊어지고, 바이크에 시동을 걸었다. 아빠 눈에 더 멋져 보이길 바라는 마음으로 어제 닦아 두었던 바이크는, 유난히 번쩍거렸다. 원주 MBC는 집에서 대략 1~2분 거리였기 때문에 순식간에 도착했다. 커다란 느티나무 아래 원주 시내와 웅장한 치악산이 내려다보이는 이곳. 나름대로 가장 멋진 위치에 바이크를 주차했다. 그리고 아빠에게 전화를 걸었다.

"아빠, 내 바이크 한번 볼래? 지금 원주 MBC로 나올 수 있어?"

다행히도 아빠는 딱히 거부하는 기색 없이 원주 MBC로 나온다고 했다. 걸어서 5분 거리. 아빠를 기다리며, 설레었다. 잘 오고 있는지, 아빠가 걸어올 위치를 바라봤다. 저 멀리 보이는 아빠의 모습. 그리고 점점 가까워졌다.

마음속으로 셋을 셌다. 3, 2, 1.

드디어 아빠가 내 바이크와 마주친 순간.

"야 실제로 보니까 바이크가 이쁘장하네."

"실제로 보니까 크기가 조금 더 큰 것 같지?"

"그래. 근데 옛날 250cc에 비해서는 작은 것 같은데?"

"한번 살펴보세요. 어차피 바이크 고백한 김에 보여 주고 싶어서요."

약간 아리송한 반응이긴 했지만, 아빠의 예상 밖인 반응에 이 상황이 재밌어지기 시작했다. 역시 아빠의 마음속엔 바이크에 대한 로망이 자리 잡고 있었던 것일까. 누군가 유튜브 댓글에 이런 말을 남겼다. "남자라면 누구나 마음속에 바이크에 대한 로망이 있다"였는데 섣부른 일반화가 아닐까, 우리 아빠는 안 그럴 것 같다며 의아해했는데, 막상 아빠의 반응을 보니 그 댓글이 맞았구나 싶었다.

내친김에 아빠에게 바이크에 앉아 보라고 제안했다. 아빠는 조금 망설이는 듯하더니 쭈뼛주뼛 바이크로 다가갔다. 바이크에 앉아 보기까지 한다면 경계가 완전히 풀릴 거라고 생각하며, 아빠가 바이크에 앉는 순간까지 신경을 곤두세우며 지켜봤다.

'바이크 탑승 성공!' 나에게 큰 성과였다. 심지어 아빠는 웃음을 보이는 여유까지 있었다.

그 모습을 보고, 나는 마음속으로 '게임 끝!'이라고 외쳤다. 이 기세를 몰아 아빠에게 시동 거는 방법, 간단한 조작법 등 알려 주고 직접 해 보길 제안했다. 예전에 바이크 탔던 기억이 남아 있는지 곧잘 했다. 순간 이런 생각이 들었다. '이렇게 금방 잘 따라오니까, 주차장 한 바퀴를 돌아보는 건 어렵지 않겠는데?' 바로 실행에 옮겼다. 이럴 땐 평소에 없던 실행력이 잘도 발휘된다. 간단한 조작법에 이어 기어 조작 및 브레이크 사용법에 대해서 자세하게 설명했다.

나는 "기어를 아래로 밟으면 1단, 그 이후 살짝 들어 올리면 N단 중립이야. 그리고 N단 이후로 2단, 3단 이렇게 올라가고"라고 설명했다. 아빠는 "나도 전에 탔던 바이크가 기어가 달린 바이크여서 기억이 좀 남아 있는 것 같아"라며 몸이 기억하는 듯했다. 그렇게 시동 거는 것부터 기어 넣는 것까지 몇 번을 연습하고, 출발까지 이어지게 되었다.

"소리가 웅장한데?"

바이크를 타고 출발한 아빠의 모습이 어찌나 아슬아슬하던지, 혹여나 넘어질까 봐 내내 마음을 졸였다. 그리고 이어지는 아빠의 장난기 섞인 웃음소리. 이렇게 잘 타고 심지어 좋아하다니 그렇게 한 바퀴 돌아보곤 "안전하게 잘 타고 다녀야 해. 모든 것의 최우선이 안전이야. 안전하게 잘 타고 다니면 되는 거지, 뭐"라고 말했다. 그렇게 아빠의 허락을 완전하게 받아 내는 데 성공했다. 아빠가 바이크를 타면서 즐거워하는 모습을 발견했다는 건 큰 성과였다.

오늘 하루는 정말 기분 좋았다. 그리고 더 큰 꿈을 갖게 되었다. '아빠와 라이딩하면 참 좋겠다. 가능할까?' 다시 집으로 돌아와 아빠와 대화하는 시간을 가졌다.

아빠에게 바이크를 다시 탈 생각이 있는지 넌지시 물었다.

"아빠, 오늘 바이크를 타 보니 어땠어?"

"뭐, 그냥 그렇지 뭐. 생각보다 이쁘더라."

"아빠도 바이크가 생긴다면 탈 생각이 있어?"

"글쎄, 뭐 못 탈 거야 없지."

예상 밖의 대답이라, 놀라움을 감출 수 없었다. 막상 오토바이를 타 본 후 마음에 변화가 생긴 것일까. 나는 그 이후 아빠에게 바이크에 대한 정보 및 종류를 설명해 주기로 했다. 우선 집에 있는 내 헬멧을 씌워 주었다. 전에 구입했던 반 페이스 헬멧이었는데, 꽤 잘 어울렸다. 아빠는 헬멧을 쓴 자신의 모습을 거울로 비춰 보더니 머쓱한 웃음을 지어 보였다.

아빠는 젊은 시절에 잘 생겼다. 딸이기 때문에 그렇게 보이는 것일까, 생각하다가도 유튜브 댓글에 종종 아빠의 외모에 대한 칭찬이 올라오는 것을 보면 내 눈에만 그렇게 보이는 게 아니구나 싶었다. 높은 콧대 때문일까 헬멧을 쓴 아빠의 모습은 근사했다. 거기에 선글라스까지 착용하니, 조금 과장해서 당장이라도 미국 서부를 달려도 이상하지 않은 느낌이었다. 그런 아빠에게 칭찬을 아끼지 않았더니, 당장 바이크를 사야겠다는 의지를 보였다. 나는 아빠의 이런 반응을 이끌어 내기 위해 '끊임없이 칭찬하기'라는 꾀를 부린 것도 없지 않아 있었지만, 아빠의 미소를 보니 어느새 나 또한 기분이 고조되었다. 정말이지 너무 신났다.

그리고 유튜브를 틀어 다양한 바이크를 보여 줬다. 먼저 할리데이비슨을 보여 주었는데, 멋지다는 감탄을 계속해서 쏟아냈다. 어르신들은 오토바이라고 하면 먼저 '할리'를 떠올린다. 아빠 또한 다른 기종을 봐도 할리데이비슨이 멋져 보였는지, 직접 보러 가 보고 싶다고 말했다. 그렇게 우리는 바이크를 보러 가는 계획까지 세우게 되었다.

내가 사는 원주는 바이크 매장이 많지 않았고, 그나마 할리데이비슨이 가장 큰 매장이었다. 내친김에 아빠와 함께 할리데이비슨 매장으로 바이크를 보러 가기로 했다. 차를 타고 매장으로 향하는 길 내내 아빠의 말투와 표정은 한껏 상기되어 있었는데, 특히 이런 말을 많이 했다.

"야, 내가 너 때문에 어쩌다가 바이크를 다 보러 가고 있냐."

"나 참 살다 살다 별일을 다 겪는다."

아빠는 나에게 바이크를 타지 말라고 반대했는데, 이젠 직접 바이크를 보러 가고 있으니, 기가 막혔을 것 같다. 평소 아빠는 새벽 일찍 출근해서 저녁에 퇴근하면 밥 먹고 잠을 자는 패턴의 반복이었다. 운수업에 종사하는데 매번 그런 모습을 보며 마음이 쓰였다. 예전에 다른 일을 할 때는 그래도 대화할 수 있는 시간이 많았던 것 같은데 나도 성인이 되며 일을 하고, 아빠도 늘 정해진 하루 패턴을 소화해 내느라 얼굴을 맞대고 대화를 할 수 있는 시간이 줄어들었다. 자연스레 웃는 일도 점점 줄어들었다. 그런데 최근에 부쩍 바이크라는 주제로 대화하는 시간도 많아지고, 웃는 일도 많아지니 마음 한편이 뭔가 짠하면서도 이런 게 행복이구나 싶었다. 아빠도 피곤할 법한데 피곤한 내색 없이 즐거워해서, 괜스레 마음이 벅찼다. 이 시간은 하늘이 준 선물인 것만 같아서 소중하게 느껴졌다.

아빠와 나는 1층에 들어서자마자 정비를 위해 줄지어 있는 바이크를 보고 감탄했다. 아직 구경은 시작도 안 했는데, 오는 내내 설레발을 쳐서인지 아빠도 나도 눈이 휘둥그레졌다. 그렇게 2층 입구에 다다르고 아빠는 문을 힘껏 당겼다. 문을 열자마자 반짝반짝 빛을 내뿜는 바이크들이 매장 안을 가득 채우고 있었다. 그리고 매장의 사원과 나눈 아빠의 첫 마디는 이랬다.

"난 도대체 뭔 일인지 모르겠네, 딸이 자꾸 가 보자 그래서 왔는데."

"아빠는 오토바이를 안 타는데 저 혼자 타거든요. 그런데 실제로 오토바이를 보면 마음이 열릴 것 같아서 함께 나왔어요."

말이 끝난 뒤 바로 매장을 한 바퀴 돌아보기 시작했다. 아빠가 처음 앉아 본 바이크는 슈퍼로우Super Low라는 바이크인데 시트고가 낮아서 아빠가 타기에 무리가 없어 보였다.

"아빠 앉아 보니까 어때?"

"좋지, 뭐."

아직은 어리둥절한 아빠의 모습이 너무 재미있었다.

"시동 한번 걸어 봐도 되나요?"

"그럼요."

"시동 걸겠습니다."

두구두구두구, 할리데이비슨의 특징인 배기음의 말발굽 소리가 매장 안을 가득 메웠다. 아빠는 스로틀을 감았다가 놓기를 반복하면서 아직도 어리둥절한 표정을 짓고 계셨다.

"어때? 소리가 내 거랑 다르지?"

"다르지."

"아빠가 말했던 말발굽 소리."

그렇게 짧은 소감과 시승 후에 다른 바이크에 똑같이 앉아서 배기음을 들어 보았다. 경찰 오토바이로 사용되었던 바이크 등 다양한 바이크를 시승해 봤는데, 가격은 대부분 3,000만 원대로 구성되어 있었다. 가격을 들은 아빠의 표정이 조금 놀란 듯해 보였다. 어느 정도 바이크를 둘러본 후 아빠에게 어떤 바이크가 가장 마음에 들었냐고 물어보니 할리데이비슨 아이언 Iron1200이라는 바이크가 마음에 들었다고 했다. 오늘 본 바이크에 대한 정보는 집에서 더 찾아보기로 했다. 우리는 책자도 꼼꼼하게 챙겨 왔다.

집으로 가기 전에 아빠와 카페에서 차 한 잔을 나누며 간단한 소감을 이야기했다.

"오늘 어떠셨어요?"

"딸 덕분에 좋은 구경은 했는데, 허허허. 매장 사장님이 말하는 용어도 전혀 모르겠고. 그냥 외관 위주로 구경하다가 온 거지."

"뭐가 뭔지 잘 모르겠지?"

"그렇지. 몇 cc를 사야 하고 그런 걸 아직은 모르겠다는 거지."

"너무 갑작스럽게 내가 타자고 해서. 너무 부담스러우면 cc 낮은 것부터 타면서 시작해 보는 건 어때?"

"그것도 괜찮지."

"천천히 생각해 보세요. 오늘 즐거웠어요?"

"색다른 세상에 다녀온 것 같은데, 좋은 구경 잘했지. 나까지 동참해서 즐거운 시간을 보내자고 딸이 말하는데, 그게 뭐 나쁜 생각은 아니지. 안전하게만 즐길 수 있다면야. 하여튼 조금 더 깊이 생각해 보자."

그렇게 오늘 하루를 마무리했다. 아빠도 마찬가지지만 나도 어쩌다 이 상황까지 오게 된 건지, 어리둥절하면서 즐거웠다. 흘러가는 대로 여기까지 오게 되었는데, 앞으로는 어떤 일이 어떻게 진행될지는 아무도 모르는 일. 문득 재미있는 생각이 떠올랐다.

'내가 아빠에게 바이크를 선물하면 어떨까?'

아빠가 바이크를 직접 타 보면 어느 정도 고민이 해결될 것 같았
다. 나는 친한 오빠의 스쿠터인 LX125를 빌려 오기로 했다. 부
담이 덜한 스쿠터라도 타 보면서 진지하게 고민해 보길 바랐다.
먼저 시내에서 조금 떨어져 있는 주말농장에서 시작하기로 했
다. 아빠의 첫 주행이다 보니 교통이 복잡한 시내보다는 한적한
시골길을 달려 보는 게 좋을 것 같다고 판단했다. 전날 미리 바
이크를 밭에 가져다 놓고, 간단한 조작 방법을 설명했다.

　스쿠터라 조작 방법은 별것 없었지만 그래도 아빠는 꼼꼼하
게 이것저것 살펴봤다. 그러곤 밭 앞에 작은 길을 한 바퀴 돌아
보겠다며 대담하게 혼자 출발했다. 하지만 살짝 솟아 있는 어깨

가 긴장하고 있음을 짐작게 했다. 나는 멀리서 불안한 마음으로 아빠의 주행을 바라보았는데, 걱정과 달리 잘 타는 모습에 불안을 덜어 낼 수 있었다. 그렇게 무사히 첫 라이딩을 완료했다.

곧바로 시골길을 지나 2차선 도로를 달리기로 했다. 아빠가 앞장서고 나는 천천히 뒤따라 출발했다. 출발 후 아빠의 첫 마디.

"잘 굴러가고 있습니다. 이야 이거 재밌네."

아빠의 말과 달리 뒤에서 아빠를 보자면, 한껏 수축된 어깨와 핸들을 고정하기 위해 팔에 힘을 잔뜩 실은 모습이었다. 하지만 조금만 더 달려 보면 금세 긴장이 풀릴 거라 확신했다.

"땡기고!"

"70km까지 땡기고! 80km까지 올리고!"

쓰리고를 외치는 아빠의 신남이 나에게 느껴져서 덩달아 신났다. 속력을 내면서 핸들의 진동에 조금 겁을 내는 듯하다가 이내 풍경을 묘사했다.

"아빠 상상해 봐. 봄 되면 이런 데 벚꽃이 피고 그 아래에서 달리면 얼마나 기분이 좋을지."

"그럼, 코스모스 딱 폈을 때 꽃향기 맡으며 달리면 죽이지. 뭐."

라이딩하면서 이런 대화가 가능하다는 건 아빠의 마음에도 여유가 생겼다는 뜻이다. 이번 라이딩을 통해 그 즐거움이 얼마나 매력적인지 아빠가 느껴 봤으면 했는데, 웃음을 보니 뿌듯했다.

코너를 돌 때는 "내가 운전 베테랑이지, 코너 좋고! 돌고!"라며 외쳤다. 바이크를 반대하던 아빠가 맞나 싶어서 웃음이 터져 나왔다.

"속도가 60km밖에 안 되는데 엄청 빨리 달리는 것 같아. 스쿠터가 작으니까 불안불안해."

그래도 운전을 오래 해서인지 방지턱이나 코너 장애물 모두 안전하게 주행했다. 시기상조이긴 하지만 마음이 놓였다. 20분 정도 거리의 짧은 코스, 아빠와 도란도란 이야기하며 달리는 첫 라이딩. '아빠와 함께 바이크 투어를 할 수 있을까?'라는 꿈이 현실로 다가왔다고 느꼈던 순간이다. 그렇게 짧은 주행을 마치고 다시 밭으로 돌아왔다.

나는 아빠의 소감이 궁금했기 때문에 도착하자마자 아빠에게 인터뷰를 요청했다.

"오늘 타 보니까 어땠어요?"

"딸 덕분에 처음 바이크를 타 보게 됐는데, 새로운 재미를 느껴 보는 것 같습니다. 날씨도 좋거니와 새로운 삶의 원동력이라고 해야 할까, 전에 느껴 보지 못한 이상한 감정을 느껴 봅니다."

"바이크를 타면서 풍경 같은 걸 볼 여유는 좀 있었나요?"

"그런 여유는 아직 없지만, 앞으로 실력이 늘면 풍경도 함께 즐기면서 달려 보고 싶은 충동이 생깁니다."

"2종 소형 면허를 취득할 생각이 있나요?"

"작은 바이크부터 시작해서 크고 멋있는 바이크까지 타 보고 싶은 마음이 있는데, 앞으로 더 두고 봐야 할 것 같습니다."

"다음 주에 함께 라이딩 더 나가 볼래요?"

"점점 날씨도 좋아지고 한 번 더 타 보고 싶은 마음이 생깁니다."

아빠와 첫 라이딩은 성공적이었다. 더할 나위 없이 행복한 순간이었다. 막상 타 보면 두려운 마음이 들어 바이크에 대한 거부감이 생길까 싶었는데, 괜한 걱정이었다. 아빠가 2종 소형 면허를 취득할 마음이 있다고 해서, 그날 나는 고민 없이 온라인에서 아빠의 헬멧을 구매했다. 더 안전하게 타길 바라서 풀 페이스 헬멧으로 결정했다. 처음 느껴 보는 감정 때문이었을까, 이

날 따라 아빠는 쉽게 잠을 이루지 못했다. 기대되는 내일 덕분에 오늘의 행복은 배가 되었다.

지금까지 모든 상황이 이상하리만큼 순조롭게 진행되었다. 그래서 한편으론 불안했다. 과연 내가 아빠한테 바이크를 권하는 게 맞는 걸까. 한번 사고가 나면 정말 크게 날 수 있어서 걱정을 안 할 수가 없었다. '안전하게 타면 되지.' 이미 되돌리기엔 멀리 온 것 같았다. 무엇보다 아빠의 미소가 좋았다. 나는 아빠의 웃음을 자주 보고 싶은 열정이 앞서서, 2종 소형 면허 취득을 넌지시 권했다. 아빠는 오케이를 외쳤다.

나는 아빠가 새로운 성취를 느끼면 좋을 것 같았고, 이 작은 불씨로 삶에 긍정적인 변화가 생겼으면 하는 바람이었다. 하지만 아빠의 입장에서는 오늘의 일과를 마치기도 지치는데 학원까지 다닐 생각에 막막한 듯 보였다. 하지만 지금이 아니면 언제 이런 날이 올까 싶기도 해서, 내친김에 계획을 밀고 나가 보기로 했다.

어느 4월의 토요일, 아빠가 쉬는 날 함께 학원으로 향했다. 감회가 새로웠다. 몇 개월 전 몰바를 위해 면허를 따러 왔던 학원에, 아빠와 오다니. 아빠를 응원하는 마음으로 첫 유튜브 수익으로 등록비를 결제했다. 아빠는 학원을 자주 올 수 있는 상황이 아니었기 때문에, 등록한 날 바로 연습에 들어갔다. 헬멧을 쓴 아빠는 의기양양한 모습으로 연습장으로 향했다.

내가 그랬듯 아빠도 미라쥬250을 탔다. 강사의 간단한 수업이 이어졌는데, 이미 학원을 오기 전에 숙지해 둔 부분이 많아서 이해하는 데 어려움은 없어 보였다. 먼저 코스를 돌기 전에 학원 공터를 몇 번 돌아보기로 했다. LX125를 탔던 게 도움이 된 건지, 나름대로 안정감 있게 잘 타서 다행이라고 생각했다. 그다음은 코스 주행해 보기. 직선코스가 첫 번째였는데, 조금 비틀비틀하긴 했지만 그래도 무사히 통과하고 장애물코스와 S자코스 또한 어려움 없이 지나갔다. 마지막 굴절코스가 가장 어려운데, 아빠는 과연 성공할 수 있을까. 두근거렸다.

"오우아아아아!" 비명과 함께 "탈선입니다"라는 말이 이어졌다.

"생각보다 잘 안된다, 야."

굴절코스는 누구나 어려워하기 때문에 걱정하지 말라고 말했다. 앞서 말했듯 아빠는 시간적 여유가 많지 않았기 때문에 첫날 4시간을 연습했다. 지칠 법도 한데, 그보다 즐거워하는 모습이었다. 잠깐의 쉬는 시간, 아빠는 함박웃음을 지으면서 내게 말했다.

"타다 보니까 몸이 굳네. 오토바이랑 호흡을 잘 맞춰야 하는데, 몸이 따로 놀아서 잘 안되는 것 같아."

"재밌어?"

"해볼 만하네."

그렇게 해가 어둑어둑해질 무렵까지 아빠의 연습은 계속되었고, 굴절코스 또한 성공했다. 이 정도면 면허는 따 놓은 당상이라고 생각했다. 그다음 연습 날에도 탈선하는 빈도가 점점 줄어들었고, 완벽하게 적응해 나가는 듯했다. 그렇게 연습을 마치고 집으로 돌아가는 길 아빠 친구께 전화 한 통이 걸려 왔다.

"인생 뭐 있냐. 오늘 딸이 면허학원에 등록해서 처음 나왔어. 인생 2막, 인마. 스릴 있잖아. 너도 땡겨 봐."

오늘 하루 느낀 점이 많았는지, 어깨에 힘이 잔뜩 들어간 아빠의 모습이 우스꽝스럽기도 하고 재밌었다.

드디어 면허 시험 날.

"아빠, 합격할 자신 있나요?"

"글쎄, 최선을 다해 봐야 하는데."

"끝나고 치킨 먹자."

"오늘 합격만 하면 치킨이 문제겠어. 기분이 훨훨 날아가지."

아빠는 긴장한 기색이 역력했다. 그렇게 시험을 앞두고 몇 바퀴 연습해 보기로 했다. 시험장 주변엔 그새 벚꽃이 흐드러지게 피어났다. 나는 오늘 아빠가 꼭 합격해서 근처에 핀 벚꽃처럼 웃음도 만개하길 바랐다. 시험 전 연습은 완벽하게 성공!

"합격이겠구나."

나는 작게 말했다. 감독관은 시험을 시작하겠다고 선언했다.

"출발하세요."

첫 번째로 직선코스.

"탈선입니다."

웬일인지 연습 때는 좋았는데, 긴장한 탓일까 첫 코스에서 탈선했다. 2종 소형 면허는 한 번의 탈선은 인정해 준다. 보통 가장 어려운 코스인 굴절코스에서 탈선이 많이 나기 때문에 그 전 코스에서 최대한 탈선을 안 하도록 주행해야 한다. 하지만 아빠는 시작하자마자 탈선 카드를 써 버린 것이다. 지금부터는 실수가 있으면 안 된다. 나는 두 손에 땀이 나기 시작했다. 선생님께서도 응원의 한 말씀을 외쳤다.

"긴장하지 말고, 천천히."

장애물코스, S자코스는 무사히 성공했다. 이제 굴절코스만 남았다. 굴절코스에 진입하자마자 "탈선입니다. 불합격입니다"

라는 소리가 울렸다. 긴장을 많이 했나 보다. 연습 때는 그렇게 잘해 냈는데, 불합격이라니. 아빠는 하얀 이를 드러내며 웃는 얼굴로 돌아왔지만, 이내 허탈한 표정으로 바뀌었다가, 다시 웃음 짓기를 반복했다. 내가 아빠를 보며 한껏 웃었더니 "웃지 마. 하하하" 하며 덩달아 웃었다.

"그래도 면허 시험을 끝내니까, 홀가분해서 좋네."

"떨어져도?"

"응, 떨어져도."

"교육받느라 고단했는데. 면허 못 따면 125cc나 타고 다녀야지, 뭐."

안 된다. 이대로 끝낼 수 없었다. 의기소침해진 아빠에게 응원의 말을 한껏 쏟아 냈다. 여기까지 왔는데 포기란 없지. 이내 벚꽃이 지고 그 자리에 푸른 잎사귀가 돋아났다. 바로 시험을 볼 수 없어서 시간이 꽤 흐른 뒤 두 번째 시험을 치를 수 있게 되었다. 두 번째 시험에서는 첫 번째 시험에서 실수했던 일자코스도 탈선 없이 통과했고 나머지 S자코스, 장애물코스도 무사히 통과했다. 그리고 대망의 굴절코스까지. 드디어 합격이다. 나는 엄지를 치켜들며 환호성을 질렀다.

"최고! 최고!"

"합격하니 입이 귓가에 붙는다. 입꼬리가 올라간다."

"속 시원해?"

"속 시원하지, 그럼. 알게 모르게 신경 쓰이는 일이었는데. 오늘 일하면서 시험 합격하려고 오다가 10분 쉬다 오고 컨디션 조절도 했는데."

"성공해쓰!"

아빠의 미소는 백만 불짜리였다. 근래 본 모습 중에 가장 행복해 보였달까. 바쁜 시간을 쪼개며 도전한, 아빠의 2종 소형 면허 따기는 성공적으로 막을 내렸다. 첫 번째 시험에 불합격하고 마음속으로 얼마나 속상했을지, 말은 안 했지만 나는 알고 있었다. 탈락해도 마음이 홀가분하다던 아빠는 합격 후 더욱 홀가분해 보였다. 합격증을 손에 쥔 채 환한 미소를 짓는 아빠의 모습을 기념사진으로 남겼다.

합격한 오늘의 소감을 물었다.

"다들 취득하기 힘들다고 하던데, 두 번 만에 합격하니까 기분이 엄청 좋네요."

"유튜브 댓글에 많은 분이 한 번에 합격할 것 같다고 말씀 많이 해주셨는데."

"거기에는 못 미쳤지만, 그래도 두 번째라도 합격해서 기분이 하늘로 날아갈 것 같습니다. 에혀, 속이 후련하구만. 어쨌든 간에."

아빠의 2종 소형 면허 도전은 해피 엔딩을 맞게 되었다.

이제 돌이킬 수 없는 강을 건너게 되었다. 다음 차례는 아빠의 바이크 구매였는데, 뭘 사면 좋을지 막막했다. 가격도 그렇고 무엇이 어울릴지 고민되었다. 아빠는 할리데이비슨 같은 아메리칸 크루저 스타일의 바이크를 원하는 듯했는데, '처음 바이크를 시작하는데 3,000만 원대의 바이크가 맞을까?' 싶었다. 나는 적당한 가격대에 성능이 좋은 바이크를 수소문하기 시작했다. 그렇게 한참 바이크를 모색하던 중 모든 상황에 부합하는 바이크를 찾았다.

혼다 레블^{Rebel}500. 500cc의 미들급 아메리칸 크루저 스타일의 바이크였는데, 가격대도 700~800만 원대였다. 바이크에 입문하는 용으로 좋겠다고 생각했다. 하지만 이 바이크는 인기가 많은 기종이라 국내에서 구하기가 어려운 실정이었다. 중고도 알아보고 새 상품도 알아봤는데 정식으로 수입된 바이크는 구하기 힘들었고 그나마 병행 수입된 바이크는 구할 수 있을 것 같았다.

병행 수입 바이크와 정식 수입 바이크는 약간의 차이점과 국내 정식 AS 여부가 다르긴 했지만, 구입처에서 AS도 해 준다고 해서 병행도 괜찮을 것 같다고 생각했다. 아빠와 나는 레블500의 영상과 정보를 찾아보며 하루하루를 보냈다. 아빠는 이 바이크가 적당할 것 같다며 빨리 구매하길 원했다.

하지만 나는 많은 고민에 빠졌다. '내가 아빠에게 바이크를 타자고 권했으니, 내가 바이크를 선물해 드리는 건 어떨까?' 레블500은 바이크 중 비싼 편에 속하는 건 아니었지만, 프리랜서로 일하며 나의 수입은 일정하지 않았다. 고민할 시간이 필요했다. 그리고 이내 마음을 먹게 되었다.

더 이상의 고민은 아빠가 바이크를 즐길 시간만 늦출 뿐이었다. 아빠에게 서울에서 바이크 구경을 하고 오겠다고 말하고, 레블500을 판매하고 있는 한 업체로 향했다. 다양한 바이크를 전시하는 가게 안에 레블500이 내 눈에 쏙 들어왔다. 반짝이는 소라 색 오일탱크의 레블500. 오늘 아빠 몰래 계약까지 할 계획으로 왔기 때문에, 먼저 바이크의 이곳저곳을 꼼꼼하게 살펴보

앗다. 새 바이크였기 때문에 딱히 확인할 것도 없었다. 하지만 오일탱크가 매트블랙 색상이면 더 좋을 것 같아서, 사장님께 여쭤보았다.

"사장님, 혹시 탱크를 매트블랙 색상으로 교체할 순 없나요?"

"매트블랙 색상이 인기가 많아서 구하기 힘들 텐데, 한번 알아볼게요. 지금 당장은 어렵고 며칠 걸릴 것 같아요."

"아, 네. 그럼 오늘 계약서를 쓰고 갈 테니, 구하는 대로 연락해 주시겠어요?"

"그럴게요."

매트블랙 색상이면 최고겠지만, 없으면 없는 대로 소라 색도 나쁘지 않았다. 레블500 제품은 워낙 구하기 어려워서 구매를 미루면 안 될 것 같았다.

동그란 테이블에 앉아 사장님이 건넨 여러 장의 서류에 정보를 적어 내려갔다. 이내 결제했다. 병행 수입 모델이 정식 수입 모델보다 가격이 100만 원 정도 더 높았다. 정식 수입 바이크가 언제 들어올지 예정에도 없었으며 그때까지 기다리다간 좋은 세월 다 흘러보낼 것 같아 조금 더 비싸더라도 구매하는 편이 낫다고 생각했다.

그렇게 결제까지 마쳤다. 아빠의 반응이 어떨지 상상하니 벌써 심장이 두근거렸다. 평소에 아빠와 바이크 얘기를 하면서 슬쩍 "아빠 내가 한 대 선물해 드릴까?"라며 장난 섞인 말을 많이 했기 때문에 아마 눈치를 챌 것도 같았다. 그래서 '어떻게 하면 눈치채지 못하게 선물할까?'는 내게 큰 숙제였다. 참 즐거운 숙제. 이 숙제를 어떻게 재밌게 풀어 갈지 짜릿했다.

면허 합격을 하며 지어 보였던 웃음이 다시 떠올랐다. 분명 그때처럼 좋아할 거라고 생각하니 벌써부터 마음이 벅차올랐다. 나는 그날 저녁 아빠의 곁으로 다가갔다. "레블500도 봤는데 괜찮더라. 조금 더 기다렸다가 좋은 매물이 나오면 그때 구매하자"라고 이야기한 후, 마저 남은 숙제를 풀어 가기로 했다.

'바이크가 도착하면, 구매 전에 내 바이크로 연습을 더 해 보자며 아빠를 불러내는 거야. 그다음에 안 보이는 곳에 레블500을 주차하고 아빠가 영상에서 봤던 바이크라 분명히 반응을 보일 텐데, 나는 모르는 척 연기해야 해. 그리고 같이 레블500을 보러 가서, 그때 말하는 거지.'

상황을 하나하나 상상해 보니 스스로 어색해서 미쳐 버릴 것만 같았지만, 딱히 다른 방안은 생각나지 않았다. 며칠 뒤 매트블랙 오일탱크를 구했다고 연락이 와서 추가금을 내고 탱크를 교체하기로 했다. 그리고 받는 날을 정하고 그날만을 손꼽아 기다렸다.

대망의 바이크를 선물하는 날이 다가왔다. 이번에도 원주 MBC에서 이벤트를 진행하기로 했다. 바이크를 건물 뒤편에 주차해 두고 짜 놓은 각본대로 상황을 만들어야 했다. 아빠에게 전화했다.

"아빠 오늘 연습하기로 한 거 알지?"

"응."

"지금 앞 공터로 빨리 나와. 헬멧도 가지고 나오세요."

"알았어."

몇 분 뒤 아빠가 등장하고, 나는 최대한 차분하게 아빠를 대했다. 그런데 나에게는 치명적인 단점이 있었다. 연기에는 영 소질이 없다. 말은 빨라지고 더듬거렸으며 괜히 웃음이 많아졌다.

"아빠 연습하다 넘어지면 나 바이크 새로 하나 사 주는 거야."

아빠 헬멧에 연습을 핑계로 액션캠을 달았다. 그리고 공터를 한 바퀴 돌아보라고 말했다. 아빠는 이제 익숙하다는 듯 시동을 걸고 기어 변경 후 건물 뒤편으로 출발했다. 영상 속의 아빠는 주차된 레블500을 발견하곤 무덤덤하게 "오우, 저거 뭐야? 저기 오토바이가 멋있는 게 있네. 외형이 멋있다"라고 말했다. 레블500을 실제로 보니, 알아보지 못했던 모양이다.

아빠는 한 바퀴를 돌아본 뒤, 나에게 왔다. 나는 여전히 빠른 말투로 오랜만에 타 보니까 어떠냐는 둥 한 바퀴 더 돌아보라는 둥 아무렇지 않은 척하며 질문했다. 머릿속에 계획이 뒤죽박죽 되기 시작하는 사이 아빠가 한마디 건넸다.

"한 바퀴 더 돌아봐야지. 근데 아까 지나가다 보니까 멋있는 오토 바이가 한 대 서 있는 것 같던데."

"어디에 저 뒤에?"

"어, 저 길옆에."

"어? 보러 가자. 뭔데?"

역시 연기는 아무나 하는 게 아니었다. 말을 내뱉으면서도 내 연기에 손발이 오그라들었다. 나는 최대한 침착하게 물었다.

"어디에 있는데?"

"테니스장 길옆에 있던데?"

"아빠가 미리 봤던 그런 바이크야?"

"응. 내가 아주 좋아하는 그런 외형."

"할리야, 할리?"

"할리 같은 분위기가 좀 나는 것 같은 느낌이야. 외형은 내가 좋아 하는 그런 스타일이었어."

"그나저나 오토바이는 언제 살 거야?"

"글쎄…."

"아니, 근데 아빠가 오토바이가 뭐가 뭔지 알아야지 사잖아."

"그것도 그렇지. 마음이야 할리인지 헬리인지 타고 싶지만 뭐…."

"저번에 영상에서 봤던 거 그거 마음에 들어 하지 않았어? 혼다 거."

"그것도 좋았지."

이내 바이크가 있는 곳에 도착했다. 아빠가 미리 눈치를 챘다면 나의 어색한 연기력 때문일 것이다. 나는 여전히 어색한 어투로 이야기했다.

"여기 다니는 사람이 출퇴근하는 바이크인가 봐."

"몰라. 외형이 멋있네."

"앉아 봐도 되나?"

"글쎄."

말없이 다른 사람의 바이크에 앉아 보는 건 있어서는 안 되는 일이다. 하지만 아빠를 위한 바이크였기에, 계속해서 앉아 봐도 괜찮다고 말했다.

"잠깐만 앉아 봐. 한 2초만 앉아 보자."

"앉아 봐도 될까?"

아빠는 바이크를 향해 다가갔다.

"잘 어울리는데? 아빠 이거 그거잖아. 유튜브에서 봤던 바이크. 혼다 거. 레블500! 맞지?"

"글쎄, 멋있네."

"아빠도 이걸로 사. 옆에 한번 서 봐. 어울리나 보게."

아빠는 어색한 듯 미소를 지으며 바이크 옆에 섰다.

타이밍은 이때다. 나는 아빠에게 힘차게 '콩그레츄레이션!

축하해, 아빠. 이 바이크 아빠 선물이야. 그동안 너무 고생 많았어요'라고 말할 계획이었다. 그러면 아빠는 화들짝 놀라며 믿기지 않는다는 표정을 보이는 게 나의 시나리오였다. 하지만 내가 긴장한 탓에 이 중요한 말마저 더듬어 버렸다.

"콩그레츄레이… 그거 아빠 거야."

축하 노래가 끝나기도 전에 결론부터 고백해 버리고 말았다. 하지만 아빠의 반응은 나쁘지 않았다.

"응? 그게 무슨 소리야. 이게 무슨 소리야."

나는 열쇠를 보여 주며 다시 한번 노래를 부르기 시작했다. "이게 뭐 하는 거야"라며 행복한 웃음을 보이는 아빠를 보며 그제야 긴장이 풀리고 안도의 웃음이 나왔다. 아빠는 "고맙다. 아빠 출세했네"라며 바이크를 이곳저곳 살펴봤다.

"자, 키 한번 받아 보세요. 아빠 고생하셨어요. 그동안 일만 많이 하시고."

"이야! 기분이 하늘로 날아갈 것 같네."

"자식들 키우느라 힘들었죠? 지금부터라도 인생 2막을 즐겨 보세요."

"좋지. 좋은 얘기지. 인생 뭐 있어? 한번 즐기는 거지."

말이 끝나기 무섭게 아빠는 바이크 시트의 먼지를 털어 냈다. 그리곤 방향 지시등이나 여러 기능을 살펴보고 키를 꽂아 시동을 걸었다.

"와, 소리 멋있는데."

나 또한 단기통 바이크 소리만 들어왔기 때문에 2기통 바이크의 배기음에 환호성을 질렀다.

"와우! 멋있는데."

아빠는 다시 환한 미소를 지었다.

"와 웅장한데."

"한 바퀴 돌아볼 수 있어?"

"글쎄."

"무섭지?"

"응."

"한 바퀴 돌아봐."

"그럴까."

그렇게 아빠의 첫 바이크와 라이딩이 이루어졌다. 드디어 나의 바람이 이루어진 것이다. 아빠는 한 바퀴 돌아보곤 "묵직한 게, 분위기 좋은데?"라며 행복해했다. 때마침 지나가던 어르신께서 오토바이에 관심을 보이며 다가오셨다.

"딸이 오토바이 탄다는 거 반대하다가, 같이 타자면서 하나 가져온 거예요."

"아, 딸도 탄다고요?"

"저 앞에 주차된 250cc짜리가 딸 거거든요. 절대 못 타게 했더니, 몰래 가지고 와서는…."

"이건 남자도 타기 힘든 건데."

"이걸 지금 깜짝 선물로 가져다 놓고 지금."

"부츠를 딱 신으신 모습이 예사롭지 않았어요."

"하하하. 진짜 생각지도 못한 거 타 보게 생겼습니다."

"남자들은 다 오토바이 선호하죠."

"네, 로망이죠."

아빠 입에서 바이크가 로망이라는 말이 다 나오다니. 이제 정말 라이더가 될 준비를 다 마쳤구나 싶었다.

"지나가시다가 이렇게 좋게 말씀해 주니 기분이 엄청 좋네요. 감사합니다."

아빠는 넉살 좋게 어르신을 바이크에 앉아 보라고 제안했고, 어르신은 바이크에 앉으며 멋있다고 좋아해 주셨다. 그 덕분에 아빠의 기분은 두 배로 좋아 보였다.

"하여튼, 같이 이렇게 와서 축하해 주셔서 고맙습니다."

스스로 오늘 이벤트에 대해 아쉽다고 생각되는 부분이 많았지만, 이 정도면 성공적이라고 생각했다. 아빠의 심정은 어떨까?

"기분이 어떤가요?"

"우리 사랑하는 딸 덕분에 부녀 라이딩에 동참하게 되었네요. 인생 2막이 시작되었습니다. 너무 기쁘고 행복한 순간을 맛보게 되었네요. 딸 고맙다."

"늦었지만 지금이라도 취미 생활 가지고 즐겁게 살면 좋겠어요."

"이제 나도 뭔가 좀 바뀌려고 여태 지친 마음을 바꿔서 딸과 함께 재밌고 멋있는 여행하며 추억을 남기고 싶은 마음이야."

"속초도 가고 장거리 라이딩도 다니면서 추억을 쌓으면 좋을 것 같아."

아빠는 어땠을지 모르겠지만, 나는 아빠의 소년 같은 웃음에 울컥했다. 나는 아빠가 무언가로 인해 천진난만하게 좋아하는 모습을 오랜만에 봤다. '아빠도 분명 하고 싶은 것, 좋아하는 것이 나처럼 많을 텐데'라는 새삼스럽고도 당연한 사실을 깨달았다. 나는 부모님 덕분에 많은 걸 누리며 자라왔지만, 부모님을 어렸을 적 여읜 아빠는 못 누려본 게 참 많았을 거다. 아빠의 행복을 찾아 주었다는 생각에 감격스러웠다. 지금이라도 이런 추억을 만들어 갈 수 있어서 감사하기도 했다.

앞으로 어떤 이야기가 우릴 기다리고 있을지는 모르겠지만, 아빠와 이곳저곳 누비며 좋은 추억을 많이 남기겠다고, 아빠의 인생 2막에 좋은 친구가 되겠다고 굳게 다짐했다. 가까운 사이기 때문에 무뎌진 소중함을 일깨우는 하루였다. 오늘은 아빠도 나도 좋은 꿈을 꿀 수 있을 것 같다.

아빠의 첫 바이크인 레블500과 라이딩하기로 했다. 특별한 날이기에 우리는 엄마를 만나러 가기로 했다. 아빠와 나는 아침 일찍 집 밖을 나섰다. 아빠는 검은색 헬멧에 검은색 가죽 재킷을 입고 검은색 바이크에 앉아 시동을 걸었다. 올블랙의 멋짐은 나만 보기 아까웠다. 오늘은 아빠의 멋짐을 한껏 뽐내는 날이다.

첫 시내 도로 주행. 아직 긴장이 다 가시지 않은 듯해 보였지만, 주변을 힐끗힐끗 관찰하며 라이딩하는 모습이 꽤 안정적이라고 생각했다. 신호 대기 때 느껴지는 사람들의 시선도 즐기는 듯했다.

"땡기고! 이야, 날씨 좋고."

"하늘 진짜 파랗네."

"응. 딸내미가 사 준 선물 가지고 오늘 아빠 룰루랄라야. 아이고."

"덥긴 덥다. 멈추면 안 돼. 너무 더워."

"응. 멈추면 더워."

아직 한여름이라, 구멍이 송송 나 있는 가죽 잠바라고 한들 더웠나 보다.

"엄마가 같이 바이크를 탔으면 좋아했을까?"

"응. 새로운 세상이니까. 내가 타자고 하면 반대는 안 했을 것 같아."

"뒤에 딱 엄마 태우고. 엄마도 탔으면 좋아했을 텐데."

"엄마도 보통이 아니지."

"연애 시절에 엄마 뒤에 태우고 몇 번 다녔다면서."

"그럼. 엄마 꼬실 때 그랬었지. 뒤에 태우고. 사십 년 전인가?"

"엄마 반응은 어땠는데?"

"내가 초보니까 겁난다고 그랬었지. 하하하. 가다가 막 넘어지고, 예전엔 다 비포장 길이었어."

"아빠도 대단하네. 몇 번 타 보지도 못했으면서 먼 거리까지 갔다는 거잖아?"

"그럼, 엄마 집까지 데려다줬었지."

아빠와 나는 엄마에게 가는 길 내내 인터콤을 통해 대화했다. 같은 집에 살다 보니 서로 전화할 일도 없을뿐더러, 전화하더라도 할 말만 짧게 주고받기 마련이었다. 라이딩 내내 대화를 주고받다 보니 서로의 기분이 격양되면서 참신한 주제의 이야기가 오갔다. 깊고 얕은, 그동안 해 보지 않았던 이야기를 나누면서 아빠와 나는 여러 번 기분 좋게 놀라는 순간을 맞았다. 그렇게 한동안 재밌는 이야기를 나누다 보니 생각보다 목적지에 금방 도착하게 되었다.

횡성의 어느 시골 마을. 큰댁이다. 여기에 오면 엄마를 만날 수 있다. 큰엄마께 인사를 드리고 큰집을 오른쪽에 둔 채 엄마를 만나러 이동했다. 엄마는 2015년에 돌아가셨다. 늘 건강하던 엄마의 갑작스러운 사고 소식을 듣고 서울에서 원주까지 내내 울면서 왔던 기억이 난다.

중환자실에서 한 달여 가까이 계셨는데, 그 한 달 동안 나는 서울의 여러 병원에 다니며 엄마를 살릴 방법을 수소문하기도 했다. 매일 병원 일지를 작성하며 병원 내 예배실, 교회를 나가 밤새워 기도했다. 정말 절실했다. 하지만 하나님께선 엄마를 사랑한 나머지 천국으로 데려가셨다. 지금 다시 그때의 기억을 떠올리자니 마음이 아프지만, 아마 엄마는 하늘에서 행복하게 지내고 계실 거라고 늘 굳게 믿고 있기에, 그 믿음 하나로 버티고 있다.

오늘은 아빠의 인생 2막 시작의 기쁨을 엄마와 함께하고 싶어 아빠의 첫 라이딩 목적지로 엄마 산소를 찾아온 것이다. 큰집 옆 할아버지 할머니 산소와 함께 엄마의 산소가 있다.

"엄마 우리 왔어."

"춘희 나 왔네. 그동안 잘 있었지? 딸이 오토바이 한 대 사 줘서 둘이 타고 같이 왔어. 생전에 있었으면 뒤에 같이 타고 좋은 추억 많이 만들 텐데. 참 아쉽네, 그려."

더운 날씨 탓인지 잔디가 많이 죽어 있었다. 나는 엄마가 돌아가신 후, 엄마의 성함인 '이춘희'를 빌려 「봄 춘春 빛날 희煕」라는 노래를 만들어 발표한 적 있다. 공연 때에도 부르다 눈물범벅이 되어 끝마쳐 보지 못한 노래인데, 그 이후 처음 오늘 엄마에게 들려주기로 했다. 나는 얼마 전 미리 큰집에 가져다 둔 기타를 들고 노래를 부르기 시작했다.

"빛나는 봄에 돋아나, 가을을 앞두고 당신은 간다. 겨울 추위 함박눈 아래 추억을 묻은 채 겨울잠 자면, 얼어붙은 눈물 녹으며 다시 봄 온대도 당신은 없다. 사계절은 소생한대도 당신이란 봄 만날 수 없네. 여전히 봄은 오고 또 가, 나에겐 사라져 버린 계절. 나 당신의 봄 속에서 영원토록 잠들고 싶은 마음."

울컥거리는 마음을 누르며 완창했다. 언젠간 꼭 해야 할 일이라고 생각했는데, 오늘 이렇게 노래를 부르고 나니 속이 후련했다. 내 진심이 엄마에게 닿았을 거라고 생각하니 마음이 한결 편안해지기도 했다. 문득 엄마가 너무 그리워졌다. 함께했으면 행복이 몇 배로 더 컸을 텐데…. 노래를 마친 후 아빠와 나는 산소에 물을 주기로 했다. 산소 앞에 엄마가 좋아하던 꽃잔디도 잔뜩 심어 놨는데, 해가 뜨거운 탓에 시들해진 꽃에 물을 잔뜩 주었다. 좀 더 자주 찾아와야겠다고 생각했다. 멀지도 않은 거리인데 바쁘단 핑계로 자주 못 찾은 것 같았다. 여러모로 반성하는 시간이었다.

시계를 보니 어느새 한 시간 정도가 흘러 있었다. 아빠와 나는 엄마에게 다음을 기약하고 돌아가기로 했다.

"춘희, 나 갈게. 다람이랑 오토바이 안전하게 잘 탈 거야. 걱정하지 말고, 잘 있어. 다음에 또 올게."

"엄마 잘 있어. 또 올게."

사실 아빠가 바이크를 탔으면 했던 또 다른 이유 중 하나가 새로운 취미 생활로 엄마의 빈자리를 채웠으면 하는 바람도 있었다. 아빠의 공허한 마음을 채워 주는 게 내 역할이라고 생각했다. 나는 엄마가 돌아가시고 난 뒤 서울 생활을 정리하고, 원주로 내려와 아빠와 함께하고 있다.

가끔 철부지 딸이기도 하지만, 아빠의 친구 같은 딸이 되고 싶은 게 나의 바람이다. 아빠의 말대로 엄마가 하늘에서 걱정하지 않게 앞으로 안전하게 라이딩을 즐겨야겠다고 다짐했다. 특별하던 오늘 하루도 무사히 저물어 갔다.

어느 날, 아빠에게 바이크를 선물하는 영상이 100만 조회 수를 넘었다. 상상도 못 한 조회 수에 놀라기도 하고 아빠와 나는 매일 댓글을 보며 즐거워하느라 시간 가는 줄 몰랐다. 실제로 아빠는 시간이 날 때마다 유튜브 댓글을 읽느라 피곤함도 잊은 채 하루하루를 즐겁게 보냈다. 정말이지 아빠와 함께 유튜브 영상을 찍게 되면서 일상에 많은 변화가 생겼다.

　여러 매체에서 연락이 오기 시작했다. 처음으로 연락이 온 곳은 원주 MBC였다. 아빠에게 바이크를 선물해 드렸던 그 장소다. <강원365>라는 프로그램에 출연해 줄 수 있냐는 거였다. 신나기도 하고 신기하기도 한 이 상황을 아빠에게 전했다.

"아빠, 원주 MBC에서 우리 보고 TV에 출연해 달래."

"뭐? 정말이야?"

"응. 〈강원365〉라는 프로그램에서 부녀 라이더의 모습을 담고 싶다고 연락이 왔어."

"이게 무슨 일이냐. 일이 잘되려고 하니까 훨훨 날아가려고 하나 보다."

아빠와 나는 믿을 수 없다는 듯 한참을 웃었다. 부쩍 웃음이 많아진 우리. 그렇게 들뜬 마음으로 아빠와 나는 방송 출연을 결심하게 되었다. 사실 많이 떨리기도 하고 부담스럽기도 했다. 내가 방송에 나온다니. 과연 잘해 낼 수 있을까? 막상 하겠다고 마음먹으니 뒤따르던 걱정이 하나둘 들기 시작했다. 그래도 설레는 마음이 더 컸기 때문에, 아빠와 나는 촬영 날만 손꼽아 기다렸다.

드디어 촬영 날. 촬영은 원주 근교에 있는 우리의 주말농장에서 이루어졌다. 종종 바이크를 타고 가서 캠핑을 즐기고 다양한 음식도 해 먹곤 하는 곳이었다. 특히 아빠의 첫 라이딩이 이루어졌던 역사 깊은 장소이기도 했다. 아빠와 나는 미리 밭에 가서 촬영 준비를 하기로 했다. 사실 준비할 것도 없었지만, 마음의 준비가 필요했던 것 같다. 그렇게 마음을 다 가다듬었을 때쯤 MBC가 쓰여 있는 하얀색 차량이 밭에 도착했다. 미리 연락을 주고받았던 관계자분들이 촬영 장비를 들고 차에서 내렸다. 우리는 서로 인사를 나누었다.

"안녕하세요. 반갑습니다. 욜로졸로 다람, 그리고 저희 아빠예요."

"안녕하세요. 영상 재밌게 잘 봤습니다. MBC에서 선물하셨던 영상도 재밌게 봤어요."

"이렇게 연락을 다 주시고 이게 무슨 일인지, 참. 모르겠네요."

"아버님이 너무 캐릭터가 있으셔서 재밌게 봤어요. 어떻게 저희랑 같이 유튜브 해 보실 생각 없으세요? 하하하."

한참을 작가, 그리고 촬영 감독과 대화를 나눴다. 건네주신 농담에 긴장이 눈 녹듯 녹아내렸다.

"지난번에 농장에서 파전도 해 드시는 모습을 보고, 꼭 농장에서 촬영하면 좋겠다고 생각해서 오늘 여기서 뵙자고 했어요."

농장에는 작은 오두막이 있었는데 그곳에서 인터뷰를 먼저 진행하기로 했다. 이야기를 나누며 맛있는 과일도 함께 먹으면 좋을 것 같아서 농장 바로 옆 복숭아 농장에서 구매한 복숭아와 수박도 준비해 두었다.

"아버지가 처음에 바이크를 반대하셨다고 들었어요. 그 스토리부터 이야기해 주실 수 있을까요?"

그렇게 촬영이 시작되었다.

카메라가 앞에 있으니 긴장할 줄 알았던 아빠는 생각보다 긴장하지 않고 말씀을 잘하셨다. 덕분에 나도 아빠를 따라 편안하게 인터뷰할 수 있었다.

"제가 반대한 이유는 저희 집안에 바이크 때문에 안 좋은 일이 있었습니다. 극구 반대하다가 딸이 몰래 5년 정도 탔나 봐요. 어느 날 갑자기 오토바이를 가져와서 허락해 달라고 그러는데, 막상 반대할 수도 없더라고요."

"저는 어렸을 때부터 자전거라든지 인라인스케이트라든지 타는 걸 좋아했기 때문에 오토바이도 항상 관심이 있었는데 아빠랑 아무래도 가족이니까 같이 있는 시간이 많잖아요, 그래서 '아빠 지금 오토바이 타고 나가서 차 한잔이라도 마실까?'라고 했을 때 아빠가 'OK'라면 바람도 쉽게 쐴 수 있고 해서 아빠랑 타면 좋겠다고 생각했어요."

그렇게 인터뷰는 순조롭게 진행되었다. 많은 이야기를 했던 것 같은데 긴장하는 탓에 인터뷰가 끝나고 내가 무슨 말을 했는지 기억도 잘 나지 않았다. 인터뷰 도중 작가님이 자작곡 한 곡을 불러 달라고 요청하셔서, 나는 내 노래 중 「구름」이라는 노래를 불렀다.

"두둥실 너는 구름이야, 항상 내 맘에 떠 있어. 살며시 잡으려 해도 잡힐 듯 말 듯 흩어져."

나는 부끄러워하다가도, 막상 노래를 시작하니 열심히 불렀다. 아빠와 나의 인생에 있어 중요했던 일화를 꺼내 놓으니, 촬

영이라는 행위의 낯섦은 단숨에 사라졌다. 우리는 인터뷰하며 달콤한 과일도 나눠 먹었다. 덕분에 달콤한 시간을 보내며 다음 촬영지로 이동했다. 사실 태평한 겉모습과 달리, 속으로는 '방송 촬영은 이렇게 진행되는구나' 하며 신기해했다.

다음 촬영 장소는 내가 작곡을 가르치기 위해 출강 중인 원주의 한 실용음악학원이었다. 라이더 다람의 모습이 아닌 싱어송라이터 '람다(음악 활동명)'의 모습도 담으면 좋겠다고 하셔서, 평소 내가 어떤 음악적 일상을 보내고 있는지 촬영하기 위해서였다. 아빠와 나는 바이크를 타고 학원까지 달렸다. 와중에 촬영 관계자분들은 그런 우리의 모습을 드론을 이용해 촬영했다. 오늘 하루는 아빠와 내가 처음 경험해 보는 것투성이다.

학원에 도착했다. 그곳에서 내가 평소에 어떻게 음악 작업하는지 그리고 작곡할 때 어떤 마음으로 진행하는지에 대해 간단하게 인터뷰했다.

"제가 대학 때 전공이 실용음악작곡이었거든요. 그래서 학생 때는 영화 음악이나 영상 음악 위주로 창작 활동을 하다가 보컬이 들어간 노래를 불러 줄 사람을 찾기가 번거로워서 제 노래를 직접 부르기 시작했는데, 그게 지금까지 이어지게 됐어요."

"노래를 만들 때 어떤 점을 중요시하나요?"

"가사를 중요시하는 것 같아요. 그래서 많은 분이 공감하거나 위로

받을 수 있는 가사를 씁니다. 그리고 제가 MBC에 밤마다 산책하러 나가요. 거기서 내려다보이는 원주시의 반짝이는 불빛을 보면서 영감을 얻어요. '이 밤을 많은 분이 밝히면서 힘들게, 열심히 살아가는구나' 하면서 쓴 노래가 「꿈꾸는 도시」예요. 최근에는 또 제 이야기를 담고 싶더라고요. 엄마의 성함이 '춘희'셨는데, 제목이 「봄 춘 빛날 희」라는 곡이 있어요. 엄마가 돌아가시고 나서, 엄마를 봄이라고 생각하며 떠나신 모습을 담은 노래예요."

하루 내내 촬영했는데, 눈 깜짝할 사이에 끝나 버렸다. 나름대로 준비한 말도 많았는데 다 하지 못해서 아쉽기도 했지만, 내가 몰랐던 아빠의 진솔한 이야기도 들어 볼 수 있어 마음이 참 따스해지는 시간이었다. '내가 지금 소중한 시간 위를 걷고 있구나'라고 새삼 느꼈다.

아빠와 첫 방송을 시청하기 위해 거실에 모였다. 오후 6시, 드디어 우리가 TV에 나왔다. 방송을 보는 내내 이야기를 나누며 한참을 웃었다. 그러다 부쩍 말수가 적어진 아빠를 힐끔 바라보았다. 아빠의 눈가는 촉촉하게 젖어 있었다. 아빠는 그런 모습을 들켜 머쓱한지 웃음을 지어 보였다. 엄마 이야기가 나올 땐 나도 눈물을 참을 수 없었다. 우리는 눈물을 왈칵 쏟아 냈다. 눈에서 눈물은 흐르는데 입은 크게 소리 내어 웃었다. 아빠와 나는 굳이 말을 안 해도 이 눈물의 의미를 알았다. 서로 어떤 마음이며 어떤 이야기를 하고 싶었는지 잘 알고 있었다. 눈물의 의미는 서로 묻지 않았다.

나의 눈물은 이랬다. 엄마의 부고, 홀로 남은 아빠. 그 뒤로 이어지는 우리의 이야기. 빽빽이 나열되는 추억 속에 TV 출연이라는 특별한 이벤트까지. 이 모든 것이 서로에게 고맙고 애틋했다. 많은 감정이 오고 가며, 또 지금까지의 과정이 겹쳤다. 슬퍼서 흘리는 눈물이 아니었다. 마음이 벅차올랐기 때문이었다. 아빠 또한 같은 마음일 거라고 의심치 않았다.

살면서 우리가 TV에 출연하여 속 깊은 대화를 나누고 그 이야기를 많은 사람에게 들려줄 거라고 상상도 못 했다. 어쩌면 이 모든 순간은 엄마의 선물이 아닐까. 저물어 가는 저녁, 그렇게 잊을 수 없는 또 하나의 순간이 흘러가고 있었다.

3장 🏍️　　　　　　여행의 기록

숲에 다채로운 꽃망울이 피어난다. 꽃망울이 아름다운 모습을
내어 주려 애쓰는 어느 한 봄날. 덩달아 나까지 마음이 간질거
렸다. 나에게 돋아나는 설렘을 느끼며 단양 여행을 떠나기로 했
다. 나는 가볍게 배낭 하나를 둘러메고 여행길에 올랐다. 충청
북도 단양은 내가 살고 있는 원주에서 1시간 거리에 위치해 있
다. 멋진 산세를 지니고 있는 곳이라 많은 사람이 패러글라이딩
이나 단양팔경을 즐기기 위해 찾는다. 봄이면 이곳의 벚꽃 길도
유명해서, 기대감을 안고 나의 ST250E와 함께 출발했다.

　오늘의 여정은 친구와 함께한다. 우리는 각자 다른 지역에
살고 있어서, 제천에서 만나 함께 이동하기로 했다. 얼굴을 스

치는 미풍에 기분이 좋아진다. 산과 논밭은 초록색 옷으로 갈아 입기 시작한다. 머지않아 또 여름이 오겠지. 그러니 짧은 봄을 부지런히 만끽해야 한다. 기찻길을 품은 고요한 시골길을 지나니, 금세 제천에 도착했다.

제천역 앞에 바이크를 주차하고 친구를 기다렸다. 이내 친구가 도착했다. BMW의 알나인티 스크램블러RnineT Scrambler를 타는 친구. 큼지막한 바이크가 늘 멋져 보였다. 나도 한번 타 볼 수 있을까 싶어 친구 바이크 위에 앉았다. 하지만 160cm의 작은 키를 가진 나의 두 발은 허공에 둥둥 뜬 채 아등바등… 무리다. 내 바이크가 나한테 딱이라고 생각했다.

아직은 따스함이 완연하지 않은 초봄이라 친구도 나도 근처 마트에 들러 얇은 내의를 구입해 단단히 챙겨 입었다. 그리곤 나란히 길 위를 다시 달리기 시작했다. 나는 혼자 하는 라이딩을 즐기는 편이지만 친구와 함께했을 때 즐거움이 배가 되는 건 어쩔 수 없는 것 같다. 서로의 바이크에 대해 이야기하고 날씨와 풍경에 대해 감정을 공유하면서 즐겁게 길 위를 달렸다.

이내 단양의 풍경이 눈에 들어오기 시작했다. 단양강 길을 따라 펼쳐진 벚나무는 나의 기대와는 다르게 만개하지 않았지만, 드문드문 피어난 벚꽃을 보고 봄이라는 걸 실감했다. 우리는 그 길을 따라 첫 번째 목적지인 양방산전망대로 향했다. 단양 시내를 품고 구불구불 흐르는 단양강의 절경을 감상할 수 있는 장소였는데, 많이 알려지지 않은 곳이라는 점이 매력적이어서 이곳을 선택했다. 나는 여행을 계획할 때 아직 알려지지 않은, 본연의 순수함이 남아 있는 여행지에 큰 매력을 느껴서 그런 곳을 찾아다니는 편이다.

입구부터 가파른 길이 펼쳐졌다. 산 정상을 오르는 것이기 때문에 가야 할 길이 순탄치 않음을 미리 짐작하고 왔지만 생각했던 것 이상으로 길은 굽이지고 험했으며 가팔랐다. 혹여나 길을 오르다 멈추기라도 하면 자칫 큰일 나겠다는 생각이 들 정도였다. 친구와 나는 인터콤으로 대화하며 긴장을 늦추지 않고 길을 올랐다. 차 한 대가 다닐 수 있는 좁은 길이었는데 중간쯤 올랐을까, 우려했던 상황이 발생했다. 가파르고 좁은 길에서 내려오는 차와 맞닥뜨린 것이다. 매뉴얼 바이크로 바꾼 지 얼마 되지 않아 언덕에서 멈췄을 때 넘어지거나, 시동이 꺼지면 어떡하지 같은 걱정이 늘 내 마음에 도사리고 있었다. 앞뒤 브레이크, 클러치를 단단히 잡고 버티며 가까스로 위기를 실수 없이 잘 대처할 수 있었다. 괜히 자신감이 생기고 뿌듯했다. 이럴 때면 내 운동신경이 나쁘지만은 않은 듯했다.

꽤 오랜 시간 긴장을 늦추지 않고 달리다 보니 어느새 너른 하늘이 펼쳐진 정상에 도착했다. 친구와 나는 공터에 주차해 두고 절벽처럼 보이는 곳으로 이동했다. 이곳은 패러글라이딩이 시작되는 곳이기도 해서 사람을 태우고 다시 데려다주기 위한 승합차가 대기하고 있었다. 얼마나 걸었을까, 양방산전망대 아래로 단양의 모습이 한눈에 들어왔다. 단양을 휘감고 흐르는 남한강의 모습에 탄성이 새어 나왔다. 그 풍경에 친구와 나는 놀라움을 감출 수가 없었다.

단양 시내의 뒤편에는 켜켜이 쌓인 웅장한 산이, 그리고 앞에는 굽이 흐르는 멋진 강이 있었다. 나는 그 찰나에 단양에 매료되고 말았다.

아마 이곳을 오르는 사람 대부분이 우리와 같은 반응이었을 것이다. 친구와 나는 이곳에서 인생 사진을 남길 수 있을 거라고 확신했다. 멀리 주차되어 있던 바이크를 끌고 와서 이곳저곳 이동하며 사진 찍기에 최적의 위치를 찾아 연신 셔터를 눌렀다.

사실 좋은 사진은 내 두 눈으로 만들어진다. 직접 바라보는 게 가장 멋지다. 나는 이 순간을 사진뿐만이 아니라 마음속에도 선명하게 인화하여 간직하기로 했다. 첫 목적지부터 마음에 쏙 들다니. 여행하면 빼놓을 수 없는 게 그 지역의 로컬 푸드다. 단양은 마늘과 석갈비가 유명하다. 우리는 마늘석갈비를 먹기 위해 내비게이션에 위치를 찍고 이동했다. 이미 주차장엔 차로 가득했다.

우리는 마늘석갈비와 메밀비빔막국수를 시켰다. 단양은 마늘이 유명해서인지 모든 반찬과 소스에 마늘을 활용한다. 문득 단양 마늘이 유명한 이유가 궁금해서 찾아봤다. 단양 대부분의 지역이 석회암 지대라 석회 요구도가 높은 마늘 생육에 유리하여 마늘 재배에 적합한 지역이라고 한다. 알싸한 마늘 향이 음식 곳곳에 스며 풍미가 가득했다. 석갈비는 뜨겁게 달궈진 돌판 위에 갈비가 나왔기 때문에 한자의 돌 석石 자를 사용해 만들어진 이름이었다. 돌판 위에 잔뜩 올려진 두툼한 갈비가 꽤 먹음직스러웠다. 친구도 나도 풍경을 감상하느라 허기를 잊고 있었던 건지 허겁지겁 맛있게 식사했다. 특별한 것 없던 메뉴였지만, 오늘의 여행지인 단양의 특산품을 가지고 조리된 음식이라 그런지 특별하게 느껴졌다.

여행지를 한곳이라도 더 들르려면 서둘러 이동해야 했다. 단양팔경이라 하면 하선암, 중선암, 상선암, 사인암, 구담봉, 옥순봉, 도담삼봉, 석문 이렇게 여덟 개의 명승지를 뜻하는 말인데, 이곳을 다 둘러보기에 하루라는 시간은 짧았다. 우리는 이중 도담삼봉을 선택했다. 남한강 상류 한가운데에 세 개의 기암으로 이루어진 섬인데, 그 위의 작은 정자까지 더해 한 폭의 그림 같은 곳이다. 우리는 다시 벚꽃길을 따라 달렸다. 오늘은 친구가 듬직하게 앞에서 나를 이끌었다. 친구는 평소 고속 주행을 즐겨하는 편이 아닌 나를 위해 여행 내내 질주 본능을 누르고 나의 속도에 발맞춰 주었다. 굳이 말하지 않아도 서로가 서로에게 맞춰 가는 친구와의 여행길. 우리의 우정은 조용하게 견고해졌다. 그렇게 단양강을 따라 10분의 라이딩을 즐기다 보니 어느새 도담삼봉에 도착했다. 단양팔경 중 가장 멋진 곳이라고 하는 도담삼봉.

정도전이 유년 시절을 보낸 곳이기도 하고 퇴계 이황 선생의 시심詩心을 흔들어 놓은 명승지라고도 했다. 세 개의 기암은 각각 남편봉, 처봉, 첩봉이라고 불린다고 하는데, 남편봉은 장군봉이라고도 불린다. 또한 남편봉에는 삼도정이라고 불리는 육각정자가 있어서 인상 깊다. 저곳에서 그림을 그리거나 악기를 연주하면 얼마나 황홀할까. 잠시 그 모습을 상상했다.

우리는 도담삼봉이 한눈에 내려다보이는 카페를 찾아 휴식 시간을 갖기로 했다. 나는 따뜻한 밀크티, 친구는 아이스 아메리카노를 마시며 여행의 고단함을 달랬다. 눈앞에 탁 트인 멋진 풍경을 바라보며 마시는 차, 이보다 좋을 수 있을까? 강 건너에는 작은 시골 마을이 있었는데, '저곳에 산다면 이 멋진 풍경을 병풍처럼 두고 살아가겠구나'라며 부러워했다. 어느덧 해가 모습을 감추기 시작했다. 갈 길이 먼 친구와 나는 아쉬움을 뒤로하고 바이크에 올랐다.

오늘은 오랜만에 친구와 만나서 답답한 마음을 해소한 하루였다. 달리는 내내 노을빛이 포근히 내려앉은 하늘을 보며 친구와 나는 얼마나 즐거웠는지에 대해 한참을 이야기했다. 우리는 헤어지기 전, 못 둘러본 곳을 언젠가 가 보자며 아쉬움도 나눴다. 당일치기였음에도 마음 한편에 깊은 여운이 남았다. 나는 이황 선생의 시심이 흔들린 이유를 알았다. 우리는 유랑자처럼 이곳을 찾았다가, 마음의 풍요를 얻고 돌아왔다.

SBS의 한 프로그램에서 아빠와 함께하는 여행기를 직접 촬영해서 보내 줄 수 있냐는 요청에 흔쾌히 승낙했다. 제천은 어렸을 적부터 부모님과 많이 놀러 가던 지역이어서 친숙했다. 오늘은 아빠와 함께 제천 라이딩을 하기로 했다.

미리 주문해 둔 아빠와 나의 커플 티를 꺼내 입어 보았다. 스마일이 그려져 있는 흰색 반팔 티셔츠였다. 아빠는 파란색 스마일, 나는 분홍색 스마일. 우리는 스마일의 기운을 얻어 오늘 여행도 웃음 가득하길 바랐다.

촬영 도움을 받아야 할 때는 친구나 지인에게 부탁한다. 오늘은 지인에게 촬영 도움을 청했다. 출발하기 전 아빠와 나는 간단한 자기소개를 촬영했다. 몇 번의 NG 끝에 성공하고 출발 장면까지 무사히 남겼다.

뜨거운 한여름에 촬영하기란 쉽지 않다. 때론 왔던 길을 되돌아가서 촬영할 때도 있고, 주변의 차가 다 지나가기를 기다렸다가 촬영하기도 한다. 아지랑이가 한껏 피어오른 아스팔트의 열기는 정말이지 뜨거웠다. 그 열기에 얼굴을 찌푸리다가도 다시 달리기 시작하면 언제 그랬냐는 듯 시원한 바람에 마음이 풀리곤 한다. 그나마 제천은 집에서 1시간도 안 걸리는 거리여서 평소보다 가벼운 마음으로 길을 떠났다. 아빠와 라이딩하면 아빠는 나이가 무색하게 에너지가 넘쳤다. 이 더위 속에서도 불평 없이, 오히려 노래를 부르며 이열치열 즐기는 듯한 모습에 존경스럽기까지 했다. 덕분에 나도 편안한 마음으로 여행을 즐길 수 있었다.

구불구불한 길을 지나 목적지에 다다를 때쯤 하늘 위에 두둥실 케이블카가 나타났다. 푸른숲과 파란 하늘 사이를 떠다니는 케이블카의 풍경은 동화 속 그림 같았다. 그렇게 아름다운 풍경을 즐기며 달리다 보니 어느덧 우리는 제천 청풍호반 케이블카에 이르렀다. 이곳을 첫 목적지로 정한 이유는 케이블카 정상에서 바라보는 청풍호의 모습이 아름답고, 아빠가 케이블카를 한 번도 못 타 봤기 때문이다. 오늘 함께 케이블카도 타며 풍경을 즐기면 좋을 것 같았다. 우리가 탄 케이블카는 바닥이 유리로 되어 사방을 통해 풍경을 감상할 수 있는 크리스털 캐빈이었다. 아빠는 세월아 네월아 노래를 흥얼거리고 "신선놀음 제대로 한다"라며 기분 좋아했다. 실제로 케이블카에서 내려다보는 청풍호와 제천의 풍경은 신선놀음이 따로 없었다.

케이블카 정상인 비봉산역에서 바라보는 청풍호는 과연 어떤 모습일까. 우리는 케이블카에 내려 기념사진을 촬영했다. 여기 비봉산역에는 많은 사람의 이야기가 담겨 있는 모멘트 캡슐이 있다. 2년 뒤에 다시 이곳을 찾아 남겨두고 갔던 메시지를 찾아볼 수 있는 그런 곳이었다. 아빠와 나도 서로의 메시지를 남기기 위해 캡슐 두 개를 구입해 비봉산전망대로 향했다. 입구부터 청풍호의 풍경이 파노라마처럼 펼쳐졌다. 그 모습은 마치 바다 위에 커다란 섬이 연결되어 있는 듯 장관이었다. 내륙의 바다라고 불리기도 한다는데, 정말 그 말이 딱이었다.

아빠와 나는 다정한 포즈로 기념사진을 잔뜩 남겼다. 그리고는 가장 높은 전망대인 비봉하늘전망대에서 풍경을 만끽했다. 이내 전망대 아래의 모멘트 캡슐로 이동했다. 하얀색 캡슐박스가 켜켜이 쌓여 아름다운 하트 모양의 곡선을 그리고 있는 모멘트 캡슐의 모습은 하나의 예술 작품 같았다. 아빠와 나는 구석 한편에서 캡슐 안의 작은 메모지와 펜을 꺼내 서로에게 짧은 편지를 썼다. 우리는 2년 뒤에 확인하기로 약속했다. 과연 아빠는 나에게 어떤 이야기를 남겼을까? 2년 뒤에 잊지 않고 꼭 찾으러 와야겠다며 새로운 약속을 했다.

어느덧 시간은 오후 2시를 훌쩍 넘어섰다. 하루에 한두 끼를 먹는 나지만, 아빠는 세끼를 꼭 챙기기 때문에 배가 많이 고프다고 했다. 오늘의 점심은 여름 보양식, 산삼닭백숙으로 정했다. 우리는 허기진 배를 붙잡고 다시 바이크에 시동을 걸었다. 햇볕이 가장 뜨거운 시간대라 아빠와 나는 혀를 내두르며 더위에 지쳐가고 있었다. 특히 바이크 엔진에서 올라오는 열기는 이러다 허벅지가 타들어 가는 건 아닐까 싶을 정도로 뜨거웠다. '바이크도 우리만큼 더위를 먹었겠구나.' 그나마 라이딩하며 맞는 시원한 바람의 위로에 버틸 수 있었다.

식당에 거의 다다랐는데 이런 곳에 음식점이 있을까 싶을 정도의 시골에 들어섰다. 식당의 간판은 슈퍼인데 슈퍼는 운영하지 않고 식당으로 운영되는 곳 같았다. 우리는 갓길에 주차하고 서둘러 헬멧을 벗어 큰 숨을 내쉬었다. 그리고 이어지는 아빠의 한마디.

"어휴 덥고, 배고프고, 힘들어 죽겠다."

우리는 야외 테이블에 자리를 잡았는데, 그늘 때문인지 생각보다 시원했다. 그리곤 냉수를 연거푸 들이켰다. 예정대로 산삼닭백숙을 주문했다. 음식을 기다리다 보니 밑반찬이 더해져서 주문하지도 않은 음식들이 푸짐하게 나왔다. 도토리묵과 복숭아, 블루베리가 곁들여진 비빔샐러드국수 그리고 산채나물전까지. 메인 음식인 백숙을 맛보기도 전에 나온 먹음직스러운 비주얼의 서비스 메뉴들. 아빠와 나는 막걸리 한잔 마셔야 하는데 너무 아쉽다며 음료수 한잔으로 아쉬움을 달랬다.

드디어 산삼닭백숙이 나왔다. 하지만 먹기 전에 음식을 소개하는 인터뷰를 찍어야 했다. 백숙은 그림의 떡이었다. 인터뷰 촬영이 끝나고 아빠는 이러다 세월 다 가겠다며 백숙 위에 먹음직스럽게 올려진 산삼을 한입 베어 물었다.

"산삼 먹고 힘 좀 내야겠다!"

　보글보글 끓는 백숙의 향에 군침이 돌았다. 갖가지 한약재도 섞여 있어 더위에 지친 기력을 한 번에 채울 수 있을 것만 같았다. 아빠도 나도 허기진 배를 달래느라 많은 이야기는 생략하고 먹는 데 집중했다. 토종닭이라 그런지 푸짐하고 쫄깃한 식감이 인상적인 맛. 하지만 얼마 먹지도 않았는데, 우리는 일찌감치 숟가락을 내려놓았다. 음식이 맛이 없어서도 아니고 평소와 다른 식사량에 이게 무슨 일인가 싶었다.

　사실 나만 그런 줄 알았는데 아빠도 더위에 지쳐 입맛이 없다고 했다. 그럴 만도 했다. 날씨가 33℃의 폭염이 내린 날이었기 때문에 이대로 더 먹었다간 체할 것 같았다. 식사는 이 정도에서 마치고 더위나 좀 식히고 가자는 아빠의 말에 괜히 미안한 마음이 들었다. 괜히 놀러 가자고 해서 힘들게 만든 걸까 하는 생각이 들었다. 아빠는 나의 마음을 읽었는지, "이열치열이지.

다시 바람 쐬러 가자!"라며 자리를 털고 일어났다.

이렇게 더운 날에 풀 페이스 헬멧은 정말이지 찜통이 따로 없다. 우리는 그렇게 다시 장비를 하나씩 착용하고 마지막 목적지인 청풍호 카약 체험장으로 향했다. 그래도 수상 레저를 즐기러 간다는 기대감에 목적지로 향하는 길의 더위는 참을 만했다. 그렇게 길을 달리던 중 아빠의 콧노래가 울려 퍼졌다.

"아니, 이 더위에도 노래가 나오십니까?"

"인생 뭐 있냐. 즐겁게 사는 거지!"

나이는 숫자에 불과하다는 말이 괜히 있는 게 아니다. 아빠의 에너지는 여느 청춘 못지않았다. 그 모습에 나도 덩달아 힘을 얻어 더위 따윈 안중에도 없다는 듯 신나게 노래를 불렀다. 청풍호 카약 체험장은 가이드의 안내와 함께 청풍호의 풍경을 즐길 수 있는 곳이다.

나와 아빠는 카약을 한 번도 체험한 적이 없어서 예약해 뒀었다. 이곳은 하루에 8번 운영하는데, 우리는 마지막 시간인 오후 5시에 체험하기로 했다. 구명조끼를 착용하고 각자 원하는 카약을 골라 선착장까지 이동했다. 그곳에 우리를 포함한 다섯 팀이 '카약을 타는 방법', '노 젓는 방법', '위기 상황에 대처하는 방법' 등 숙지한 후 가이드를 따라 카약을 체험했다.

앞서 말했듯이 카약을 처음 체험하는 거였다. 물 위에서 출렁이는 카약에 가만히 앉아 있는 것도 쉽지 않았다. 아빠부터 탑

승했는데 중심을 잃고 휘청이는 모습이 얼마나 재밌던지 한참을 웃었다. 곧바로 나 역시 카약 위로 몸을 맡겼다. 하나의 카약 위로 앞에는 아빠가, 뒤에는 내가 탑승하여 노를 저었다. 2인 카약은 호흡이 중요한데, 처음엔 방향을 트는 것도 호흡이 맞지 않아 설전이 펼쳐졌지만, 어느 정도 하다 보니 서로 방법을 터득하여 완벽한 한 팀이 되었다.

"야, 저 소나무 봐. 멋지다."

물길을 따라 나아가니 더 큰 물길에 다다랐다. 몇 배로 멋진 풍경이 펼쳐졌다.

특히 옥순봉이라고 불리는 기암절벽의 웅장함에 압도되었다. 기암절벽 봉우리의 모양이 대나무 싹과 비슷하다고 해서 옥순봉이라고 불리는데, 카약을 타며 가까이 마주한 옥순봉은 탄성이 절로 나올 정도로 멋졌다. 반대편에서는 노을빛이 청풍호를 물들였다. 이 황홀한 풍경 속을 둥둥 떠다니며 노를 젓다니. 아빠도 나도 기가 막힌다며 연신 감탄했다. 만약 누군가 제천을 여행한다고 하면 청풍호 카약 체험장에 꼭 들르라고 하고 싶을 정도로 힐링 그 자체였다. 그렇게 우리는 시원한 바람과 청풍호의 풍경 덕에 하루의 더위를 씻어 낼 수 있었다.

1시간가량 카약을 즐기니 해가 모습을 감춰 어느덧 주변이 깜깜해지기 시작했다. 일기 예보를 보니 곧 비가 내린다는 소식이 있어 서둘러 집으로 향했다. 날이 저물어 바람은 시원했지만, 아빠도 나도 더위를 먹었는지 복통을 호소했다. 게다가 곧바로 비가 내리기 시작했고 따로 비옷을 챙기지 않은 우리는 비를 쫄딱 맞고 달려야만 했다.

오늘은 하루를 즐겁게 보낸 것이 맞는지에 대해 아빠와 토론했다. 분명 즐겁긴 했지만 뭔가 고통 속의 즐거움이었던 것 같아, 오늘 하루를 어떻게 마무리하면 좋을지 분간되지 않았다. 해가 모습을 감췄지만, 이미 한낮의 더위를 잔뜩 먹어 버린 탓에 몸은 더위에서 좀처럼 빠져나오지 못하고 있었다. 아빠와 나는 이 모든 상황이 어쩐지 우스웠다. 우리는 오늘 하루에 대해 한마디로 정의할 수 없었고, 단지 웃을 뿐이었다. 여름은 라이딩할 게 못 된다고 말하면서도 우리는 여름 더위와 맞서며 계속해서 라이딩을 이어 나갔다. 말 그대로 불타는 열정으로 타오르는 길 위를 계속해서 달렸다. 그때마다 느끼는 건 '내가 아빠를 닮아서 이까짓 더위에도 쉽게 꺾이지 않는 거구나'였다.

아빠와 여행할 때면, 아빠는 젊은 나보다 강했다. 육체뿐만 아닌 정신적으로도 항상 긍정을 유지하며 지치더라도 금세 다시 털고 일어나 나를 이끌어 주곤 했다. 그 강한 의지와 정신력으로 지금까지의 삶을 버텨 온 거겠지. 한 수 배우게 된다. 비록 더워서 지치고 비가 내려서 힘들었어도 많은 것으로 가득 채운 하루. 제천의 하루는 그렇게 마무리되었다.

벤리110을 타고 떠났던 속초. 언젠간 다시 찾아오겠다고 다짐하며 여행을 마쳤는데, 그 약속을 지키러 속초 여행길에 올랐다. 이번에는 리터급 바이크인 CB1100을 타고 떠나므로, 스쿠터인 벤리110으로 달렸던 속초와 어떻게 다를지 출발 전부터 기대됐다. 여행할 때 많은 짐은 오히려 방해 요소가 되기 때문에 가방에 최소한의 짐을 챙기고 리어시트(뒷좌석) 위에 단단히 묶은 후 출발한다.

첫 속초 여행처럼 파란 하늘과 조금 쌀쌀한 날씨. 이번에도 가을 속초 여행이다. 단, 안반데기를 거치지 않고 속초로 가는 코스였기 때문에 쭉 뻗은 길만 따라가면 되었다. 그 덕에 3시간

넘게 걸리는 거리임에도 부담은 없었다. 스로틀을 감아 보았다. 벤리110을 타고 갔을 때는 나름대로 그만의 감성과 즐거움이 있었다. 이번에는 4기통의 부드러운 주행감이 기분 좋게 나를 감쌌다. 차체도 커지다 보니 안정감 또한 좋았다. 마치 바이크 위에 살포시 얹혀 가는 느낌이랄까. 몸에 피로도가 덜했다. 비록 연비는 벤리110에 비해 낮았지만, 사실 라이더는 바이크를 탈 때 연비를 크게 신경 쓰지 않는다. 그 자체를 즐길 뿐.

나는 끝나지 않을 것 같은 직선 길 위를 신나게 달렸다. 홍천을 지나 인제 그리고 미시령을 지나 속초까지. 비행기를 탔을 때 스크린으로 영화 몇 편을 감상하다 보면 어느새 목적지에 도착해 있듯이 가을 라이딩은 형형색색 물든 단풍을 감상하다 보면 원하던 곳에 도달해 있다. 미시령터널을 지나니 어두웠던 세상이 환해지면서 우뚝 솟은 울산바위가 반갑게 맞아 주었다. 미시령터널이 마치 다른 차원과 연결해 주는 블랙홀이기라도 하듯 갑자기 나타난 울산바위는 순식간에 다른 세상에 온 것 같은 기분을 내게 선사했다. 울산바위는 늘 그랬듯 참 신비롭고 장엄했다.

이번에는 계획 없이 속초를 여행하기로 했다. 가끔은 계획 없이 떠난 여행에서 더 많은 행복을 찾을 때가 있다. 속초의 바다는 여전히 물감을 흩뜨려 놓은 듯이 푸른빛을 뽐내며 찰랑였다. 바다는 어찌 그리 늘 반갑고 새로운지. 이럴 때면 나도 바다를 닮고 싶어진다.

　그렇게 길을 따라 달리다 보니 어느새 고성이었다. 내비게이션이 안내하지 않는 해안 도로를 찾아보다 한 해변에 들어섰다. 이 길이 과연 맞는 길일까 싶다가도 길은 어디로든 이어지기 마련이라며 걱정하지 않았다. 해안 시골 마을에 들어서니 두 갈래 길이 나왔다. 나는 잠깐 고민했다. 왼쪽 길로 갈까, 오른쪽 길로 갈까. '조금 더 좁은 왼쪽 길로 가 보자.' 왠지 보석 같은 곳이 숨어 있을 것 같았다. 좁은 길을 따라 내려간 길의 끝엔 정말 보석 같은 풍경이 반짝이고 있었다.

작은 어촌 마을 백도항. 물 위를 유영하는 갈매기 떼와 마주 보는 빨간 등대 사이 무수히 반짝이는 물빛의 향연. 한순간에 마음을 빼앗기고 말았다. 특히 바닷물의 색이 특이했는데 오묘한 에메랄드빛을 뿜어내고 있었다. 한 편엔 치즈 고양이가 어디 떨어진 생선이라도 찾아 나선 듯 이리저리 두리번거리는 모습이 너무 귀엽기까지 했다. 우연히 찾은 곳이라기엔 길이길이 나만 알고 싶은 아지트 같은 백도항.

영화나 드라마에서 나올 법한 풍경에 매료되어 나는 한참을 그곳에서 멍 때렸다. 때 묻지 않은 어촌 마을의 풍경이 좋았다. 어느덧 시간은 점심시간을 훌쩍 넘어 버렸고 나는 자리를 털고 일어나 이동했다. 백도항은 가리비가 유명했다. 이곳저곳에 가리비를 판매하는 가게가 보였다. 그중 한 곳에 자리를 잡았다. 오늘의 점심은 가리비구이. 석쇠 위에 달궈져 하나둘 입을 벌리고 있는 가리비의 냄새에 참지 못하고 맛을 보았다. 쫄깃한 식감에 고소한 가리비. 익을 때까지 기다리며 하나씩 꺼내 먹는 재미가 쏠쏠하다. 거기다가 해변 바로 앞에 있는 가게였기 때문에 풍경을 느긋하게 바라보며 먹기 좋았다. 저녁을 위해 배가 고프지 않을 만큼만 채워 넣고 또 다른 멋진 풍경을 찾아 나섰다. 속초로 돌아가는 길목에 아야진해수욕장이라는 곳이 있어, 가 보기로 했다.

멀지 않은 곳에 있는 아야진해수욕장은 지금까지 달렸던 해안 도로와 다른 느낌이었다. 펜스나 별다른 경계 없이 도로와 맞닿을 듯 가까이 위치한 아야진해수욕장의 너른 바다는 푸근했다. 계획 없이 떠난 여행치고는 오늘의 성과는 대단했다. 백도항에 이어 아야진해수욕장까지. 마치 보석 찾기 놀이처럼 멋진 곳을 찾아내게 되어 좋았다.

이 모든 곳이 다음에 왔을 때도 지금처럼 때 묻지 않은 모습을 간직했으면 하는 욕심도 부려 본다. 오늘 이 두 곳을 발견한 것만 으로도 이번 여행은 충분히 성공했다고 말할 수 있을 것 같았다.

어느새 밤이 깊어져 가고 나는 다시 속초 시내로 향했다. 은은하게 빛을 내는 설악대교를 지나다 보니 속초 아바이활어회센터가 눈에 들어왔다. 속초 하면 회를 또 빼놓을 수 없기 때문에 저녁 메뉴는 회로 결정했다. 안은 이미 사람으로 붐볐다. 또한 다양한 해산물로 가득했다. 수많은 해산물 중 나는 오징어회가 당겼다. 넉살 좋은 아주머니가 이끄는 가게 안으로 들어가 2만 원어치의 회와 1만 원어치의 밍게를 주문했다. 보통 내가 사는 곳에서는 2만 원어치의 오징어회라면 양이 많지 않았기 때문에 혼자 먹을 만큼 주문했는데 포장된 양은 어마어마했다. '과연 다 먹을 수 있을까.' 걱정되었지만, 여행의 마무리를 배 터지게 해 보자며 숙소로 힘차게 향했다.

오늘의 숙소 또한 바다가 한눈에 내려다보였지만, 나는 회와 맥주 한 캔을 구매해 숙소가 아닌 모래사장 위에 털썩 자리 잡았다.

해변에서 즐기는 회와 맥주. 내가 꿈꾸던 낭만이었다. 파도 소리와 함께 혼자만의 낭만에 취해 오늘 하루를 되새겨 봤다. 지금 이 순간까지 오늘은 낭만 그 자체였다. 바이크 한 대만 있으면 고급 호텔, 비싼 음식이 아니어도 그 이상의 낭만과 행복을 누릴 수 있다. 아마 라이더라면 모두 같은 생각일 것이다. 바이크는 내 인생에서 크나큰 행복이다.

둘째 날. 오늘은 설악산으로 단풍 구경을 가기로 마음먹었
다. 설악산은 한 번도 오른 적이 없는데, 단풍이 그렇게 멋지다
는 설악산의 풍경이 궁금했다. 그렇게 바이크에 시동을 걸고 새
로운 여정을 시작했다. 주말이라 차가 많이 밀릴 것이라고 예
상했지만, 생각보다 더 심각했다. 설악산 입구부터 차가 빽빽
이 들어서서 요지부동이었다. 바이크는 이럴 때 복병이다. 스
쿠터는 브레이크와 스로틀만 이용해서 이동하면 되기 때문에
불편할 일이 없는 반면 매뉴얼 바이크는 클러치와 브레이크, 스
로틀 세 개를 동시에 조작해야 했기 때문에 이렇게 차가 밀리는
구간에서는 클러치를 잡는 손에 통증이 생기기 마련이었다. 30
여 분을 막히는 구간에서 버티고 있다 보니 왼쪽 손이 저려 오
기 시작했다.

손을 잠시 놓아 스트레칭하려고 하면 앞차가 다시 움직이는 상황이 반복되면서 정신 줄을 놓을 뻔했다. 그래도 최대한 마음을 가라앉히며 정체 구간을 벗어나게 되었다. 주차장은 이미 만차로 주차 요원의 지시에 따라 한구석에 바이크를 주차했다. 비록 오는 길은 조금 고되었지만…. 설악산에 위안을 얻기로 하며 오늘은 설악 케이블카에 도전해 보기로 했다.

설악 케이블카 또한 줄이 길었다. 나는 보통 평일에 여행을 가는 편인데 주말에 오니 그런 모양이었다. 붐벼서 지루하기보단 오히려 재밌었다. 시장에 가도 사람으로 붐비는 시장이 훨씬 에너지 있고 재밌는 것처럼. 다소 시간이 걸리는 게 단점이지만 많은 관광객을 바라보고 있자니 시간은 생각보다 금방 갔다. 그렇게 설악 케이블카는 빼곡히 사람을 싣고 700m 정상인 권금성으로 향했다.

오르는 내내 주변에서 환호성이 들렸다. 마스크 탓에 사람들의 표정이 어떤지 확인하기 어려웠지만, 다들 흥분에 가득 차 있음을 알 수 있었다. 나 또한 그랬기 때문이다. 황금빛의 단풍이 케이블카를 감싸고 고개를 조금만 들어 올리면 불규칙적으로 솟아 있는 산악의 풍경은 장관이었다. 오는 길에 차가 밀려 곤욕을 치렀던 기억은 단풍의 경색에 눈 녹듯 사그라들었다.

권금성까지는 도보로 10분 정도가 소요되었다. 계단을 따라 오르며 보이는 돌산과 기암절벽, 그리고 그 아래로 펼쳐진 아찔한 골짜기에 압도되었다. 바람이 거세서 종종걸음으로 이곳저곳을 둘러보았다.

역시 사람이 많이 찾는 곳은 다 이유가 있다. 이렇게 설악 케이블카도 타 보고 좋은 시간이었다. 하지만 단풍 라이딩을 즐기기에는 너무 짧은 코스였다. 그래서 나는 오랜만에 한계령 라이딩을 한 번 더 즐겨보기로 했다. 다시 미시령터널을 지나 찾은 한계령은 빨갛고 노랗다는 수식어로는 다 표현할 수 없을 정도로 그림 같은 풍경이었다. 계곡이며 산새며 다채로운 색이 펼쳐진 한계령은 언제 와도 근사하다. 이곳도 많은 라이더가 찾는 코스 중 한 곳이다. 이날 또한 많은 라이더를 마주했고, 스치듯 건넨 손 인사에 괜히 마음이 따뜻해진다. 상대도 같은 기분이었을까? 그랬으면 좋겠다.

한계령 휴게소를 지나 반대편까지 구불구불한 길을 따라 한참을 달렸다. 날이 저물어 가고 있었다. 노을빛이 내려앉은 한계령의 단풍은 그 빛을 더했다. 스치듯 안녕을 건네는 계절, 가을. 찬란한 계절의 끝에서 길이 남을 추억을 만들었다. 집순이인 나를 밖으로 불러내 멋진 추억을 만들어 주는 바이크의 매력이 언제나 시들지 않고 내 곁에 남아 주었으면 좋겠다.

어느덧 겨울이 내렸다. 거리마다 소복이 눈이 쌓인 이 계절은 라이더에게 그리 반가운 계절이 아니다. 눈길이나 얼어 있는 도로를 달리는 것은 정말 위험하기에 이맘때가 되면 바이크의 배터리를 분리한다. 한동안 봉인해 놓고 있다가 봄이 오면 다시 시즌을 시작한다. 대부분 그렇다. 하지만 겨울도 종종 햇살을 내비칠 때가 있다. 나는 그 귀한 날을 붙잡아 횡성 태기산까지의 라이딩을 떠나 보기로 했다. 태기산의 설산은 절경이라고 하는데 한 번도 올라 본 적이 없었다. 오늘 큰맘 먹고 가기로 했다. 찾아보니 원래 정상까지 차량 진입이 가능했는데, 최근에는 입구까지만 차량 진입이 가능하고 정상까지는 통제 중이라고 했다.

겨울의 바람은 바이크로 달리는 순간 배로 매서워지기에 나는 최대한 옷가지를 두툼하게 챙겨 입고 길을 나섰다. 양쪽 핸들에 열선 그립이 있어서 다행이었지만 그마저도 제 역할을 못할 정도로 바람이 차가웠다. 내가 바이크를 처음 시작했을 때, 그리고 기변을 했을 때, 대부분의 계절은 가을 그리고 겨울로 접어들 무렵이었다. 그래서인지 그때 느꼈던 쌀쌀한 바람 특유의 냄새가 뇌리에 깊게 자리 잡고 있었다. 시린 바람에 온몸이 아렸지만, 차가운 바람에 담긴 지난 좋은 기억 때문인지 나쁘지 않았다. 추운 겨울 아이스크림을 즐기는 듯한 짜릿함을 느꼈다.

내비게이션에 도착지로 양구두미재를 입력했다. 원주에서 태기산까지 대략 1시간 정도를 달리는 여정이다. 최근 며칠 눈이 내리지 않아 도로는 말끔히 말라 있었다. 차가운 바람만 아니면 무리가 없지만, 태기산은 어떨지 또 모르기 때문에 긴장을 늦추지 않은 채 느린 속도로 길 위를 달리기 시작했다. 따뜻한 계절이었다면 많은 라이더를 마주했을 텐데, 겨울이라 그런지 길 위의 라이더는 오롯이 나뿐이었다. 그렇게 태기산에 다다를 때쯤 주변의 풍경은 확연히 달라지기 시작했다.

앙상한 나뭇가지 위에 눈이 쌓여 하얀 옷을 입고 있는 듯했다. 뽐내기라도 하듯 꼿꼿이 서 있는 모습이 오히려 포근해 보였다. 반대로 내게는 점점 추위가 스며들었다. 열선 그립 또한 이렇게 추운 날씨에는 무용지물이다. 하지만 없는 것보다는 훨씬 좋다. 태기산 초입에 다다르자 구불구불한 길이 펼쳐졌다. 걱정과는 달리 제설 작업이 잘 되어 있어서 다행이라고 생각했다. 그래도 블랙 아이스가 있을 수도 있기 때문에 나는 잔뜩 움츠린 채 목적지까지 안전하게 운행했다. 점점 높아지는 지대에 산 아래 풍경이 아찔하게 펼쳐지고 있었다. 헬멧의 실드를 올렸다. 탄성을 내니 하얀 입김이 새어 나왔다. 이런 풍경을 보기 위해 추위도 여기까지 달렸지.

커다란 초록색 안내판이 횡성군 둔내면임을 안내하고 있었고 '여기는 태기산 정상입니다. 해발: 980m'라고 쓰인 안내판이 목적지에 다다랐다는 것을 알려 주었다. 추운 날씨임에도 많은 사람이 태기산의 설경을 보기 위해 이곳저곳에 주차해 두었다. 나 또한 마땅한 구석 자리를 찾아 바이크를 주차한 후 태기산 입구를 따라 오르기 시작했다. 입구부터 이미 눈이 쌓여 온 세상이 하얗게 물들어 있었다. 챙겨 신고 온 두꺼운 부츠로 눈을 사뿐히 밟으니 뽀드득하는 소리가 참 재미있다. 정상까지의 거리는 생각보다 꽤 멀었다. 숨이 턱 끝까지 차오를 때쯤 풍력발전기가 하나둘 모습을 드러내기 시작했다. 다소 무서운 소리로 쉭쉭 돌아가는 풍력발전기였지만 시리도록 파란 하늘에 하얗게 눈을 떨구며 돌아가는 풍력발전기가 새삼 멋졌다.

그렇게 길을 더 오르니 눈을 품은 앙상한 나뭇가지의 향연이었다. 이렇게나 새하얀 산의 풍경은 처음이라 눈이 휘둥그레졌다. 파란 하늘이란 스케치북에 하얀색 물감을 뿌려 놓은 듯한 풍경은 정말 완벽했다. 이래서 추운 바람을 무릅쓰고 겨울 산을 오르는 거구나 싶었다. 태기산 정상에 다다르니 알록달록한 바람개비가 바람에 맞춰 일제히 돌아가고 있었다. 벤치에 앉아 힘겨운 숨을 '후' 하고 뱉었다. 하얀 입김이 눈 앞을 가렸다. 문득 더 높은 곳으로 올라 이 모든 풍경을 추억하고 싶다는 생각이 들었다. 그리곤 핸드폰으로 방법을 모색하기 시작했다. 조금만 더 길을 따라가면 설산을 오를 수 있는 경로가 있다고 해서 다시 길을 올랐다. 입구를 찾기가 여간 어려운 게 아니었다.

그러다 작은 입구를 발견했다. 사람이 다니지 않는 좁고 가파른 길 위에는 누구도 다녀가지 않아 깨끗한 눈이 소복이 쌓여 있었다. 머리는 무리라고 생각하면서도 마음은 도전해 보길 바라고 있었다. 나는 그렇게 더 높은 곳으로 발걸음을 뗐다. 방한용 부츠를 신고 오길 잘했다고 생각했다. 자칫하면 미끄러질 수 있는 길이라서 긴장을 늦추지 않고 한 걸음 한 걸음 내딛기 시작했다. 등산하는 내내 아무 생각도 들지 않았다. 그저 발걸음 끝에 멋진 풍경과 마주하길 바랄 뿐이었다.

그렇게 어느 정도 올랐을까. 쌩쌩 부는 바람 소리만이 이 정적을 채우고 있었지만, 머릿속에선 영화 〈러브레터〉의 OST가

울려 퍼지기 시작했다. 온 세상이 내 것만 같았다. 추위에 조금 지친 상태였지만 그럼에도 내가 이 길을 오르는 이유가 바로 이곳에 있었다. 문득 하늘을 바라보니 곧 해가 질 것 같았기에 나는 다시 정상으로 발걸음을 옮겼다.

드디어 정상에 도착했다. 태기산을 오르며 마주친 수많은 바람개비와 설산의 풍경이 발아래 펼쳐졌다. 손에 들고 있던 카메라까지 흔들릴 정도로 매서운 바람이 불었다. 카메라를 놓칠세라 두 손에 힘을 꽉 쥔 채 한동안 모든 것들을 추억하는 시간을 갖고, 정말 해가 지기 전에 내려가야 했기 때문에 아쉬움을 남긴 채 하산하기로 했다.

내려가는 길이 더 쉬울 거라고 생각했지만, 길이 미끄러운 탓에 오를 때보다 두 배로 긴장되었다. 길을 따라 내려가면서도 '내가 어떻게 여길 올 생각을 했지?'라는 생각이 들었다. 나는 가끔 무모하다. 꼭 해야 하는 것과 하고 싶은 일은 어떻게서든 해내려고 하는 성향이 있는데, 용기가 장점이라는 생각이 들 때도 있지만 어떨 땐 참 대책이 없다고 느껴질 때도 있다. 그래도 도전하면서 실수하고 실패도 겪으면서 한 뼘 더 성장했다. 오늘도 그랬다. 등산을 딱히 좋아하지 않는 내가 언제 다시 설산을 올라 이 멋진 풍경을 볼 수 있을까. 몸은 힘들었지만, 오늘의 도전은 모처럼의 기분 좋은 도전이었다.

그렇게 은은한 행복을 들고 다시 바이크에 올랐다. 어느새 하늘은 노을빛으로 물들었고, 해가 지니 날씨는 더더욱 추웠다. 깨질 것 같은 무릎과 금방이라도 동상을 입을 것 같은 새빨간 손. 정말이지 너무 추웠다. 집까지 가는 데에는 1시간이 소요된다.

　　나의 도전은 끝나지 않고 계속되고 있었다. 앞으로 바이크를 계속 타는 한 무더운 더위도, 뼛속까지 시린 이 추위도 나의 앞길을 막지 못할 것이다.

라이더라면 누구나 제주도 바이크 여행을 꿈꿀 것이다. 나 또한 그랬다. 에메랄드빛 바다와 노란 유채꽃, 사슴이 뛰노는 푸른 초원을 바라보며 달리는 기분은 어떨까. 이런 장면을 꿈꾸기만 했다. 제주도까지 내 바이크를 가져가는 방법은 두 가지가 있다. 첫 번째 방법은 직접 바이크를 타고 부산이라든지 목포까지 가서 선적해서 싣고 가는 방법. 두 번째 방법은 제주도까지 바이크를 운송해 주는 탁송업체를 이용하는 방법. 두 방법 모두 바이크 없이 비행기를 타고 제주도로 여행하는 것보다 경비가 많이 나오기 때문에 망설여졌다. 특히 바이크를 타고 부산이나 목포까지 가서 또 제주도까지 가는 여정은 엄두가 나지 않았다.

그러던 차에 한 제주도 바이크 탁송업체에서 연락이 왔다. 아빠와 내가 출연하는 유튜브 영상을 재밌게 보셨다며 제주도까지의 바이크 탁송을 선물해 주고 싶다는 거였다. 꿈꾸던 제주도 바이크 여행이라니. 사장님은 바이크를 타는 유명 연예인이 우리 영상을 추천하여 보게 되었다고 하셨다. 이런 얘기까지 더하여 아빠와 나는 더 신이 나 입가에 미소가 만개했다. 이기회를 놓치고 싶지 않아서 바로 가겠다고 말씀을 드렸고 일정을 잡았다.

첫째날

어느덧 4월 봄날, 아빠와 나는 제주도로 떠나게 되었다. 탁송차가 집 앞까지 와서 바이크를 실어 갔고, 아빠와 나는 KTX를 타고 서울, 서울에서 공항철도를 타고 김포까지 가게 되었다. 아빠는 KTX도 처음, 전철도 몇십 년 만에 처음, 비행기도 처음 타는 거라 마음이 많이 설레는지 이동하는 내내 눈도 붙이지 않고 김포국제공항까지 도착했다.

공항 이곳저곳을 둘러보는 아빠의 모습에 마음 한구석이 짠하기도 했다. 동시에 첫 비행을 같이해서 얼마나 감격스러운지. 엄마가 돌아가시던 해에, 엄마 생일에 가족끼리 제주도 여행을 가자고 약속했던 게 떠올랐다. 그 약속을 지키지 못했던 게 아직 마음에 남아 있었는데, 이렇게라도 지킬 수 있어서 뜻깊었다. 아빠와 비행기가 보이는 카페에 앉아 비행 전 이런저런 감상을 나누다가 탑승 시간이 되어 이동했다. 이동하면서 아빠한테 꼭 해 보고 싶었던 장난을 쳐 보기로 했다.

"아빠, 비행기 탈 때 신발 벗어야 해."

"어 그래? 벗으면 되지 뭐."

"하하하."

아빠는 긴가민가한 표정으로 신발을 벗는다고 했다. 그 모습에 참고 있던 웃음이 터져 버렸다. 아빠는 내 웃음에 어안이 벙벙했는지 왜 웃냐는 표정을 지었다. 거짓말이라고 하니 "에라이"라는 말과 웃음을 지어 보였다. 아빠는 창가 자리에 앉았다. 하늘에서 내려다보는 하늘은 얼마나 아름다운지 보여 주고 싶었다. 비행기가 이륙하자 느낌이 이상했는지 연신 두리번거렸다. 내가 더 신나서 "아빠 저기 봐. 저기가 인천이야. 기분이 어떠세요?"라고 질문했다. 아빠는 시큰둥하게 "그냥 그렇지 뭐"라고 대답했다.

이건 아빠의 화법이라는 걸 나는 알고 있다. 말은 그렇게 해도 속으로는 기분이 좋다는 걸 여태껏 함께해 온 딸로서 단번에 알아챌 수 있다. 아빠는 한동안 창문을 바라봤다. 무슨 생각에 잠긴 걸까. 그 모습을 바라보다 스르르 눈이 감겼다.

제주도에 도착한다는 안내 방송과 함께 잠에서 깼다. 아빠는 이상하게 잠이 안 온다며 한숨도 못 잤다고 했다. 설렘 때문이었을까. 우리는 바이크로 여행할 예정이었기 때문에 짐은 최소한으로 꾸렸다. 그래서 짐 찾는 시간 없이 빠르게 공항에서 나왔다. 그다음 택시를 타고 바이크가 있는 곳으로 향했다. 시간이 조금 지체되어 허겁지겁 개러지에 도착했다.

　　그곳엔 이미 도착해 있는 바이크와 사장님이 계셨다. 이번 여행은 개러지 사장님께서 2박 3일 동안 제주도 가이드까지 해 준다고 하셨다. 탁송뿐만 아니라 가이드까지 해 주신다니. 이 감사한 마음을 말로 다 전할 수 없을 만큼 감사한 마음이었다.

　　사장님은 근사하게 튜닝된 할리데이비슨 바이크를 타고 함께 이동했는데 튜닝 비용만 바이크 한 대 값이라고 하셨다. 멀리서 봐도 한눈에 확 튀는 바이크. 바이크를 정말 사랑하는 사람이 아니고서야 이렇게 바이크를 멋지게 꾸밀 순 없다. 우리는 그 할리데이비슨을 뒤따라 달렸다.

　　아직까진 제주도에 온 실감이 나질 않았다. 바람에서 느껴지는 약간의 바다 내음이 '제주도구나' 싶었지만, 풍경은 시내였기 때문이다. 그렇게 조금 더 달렸을까. 한적한 도로를 가운데 두고 양쪽에 크고 기다란 가로수가 줄지어 있는 길을 달리게 되었다. 이런 나무가 가로수로 심겨 있는 모습은 드물었기 때문

에, 이때부터 '이게 제주도구나' 하고 인지했던 것 같다. 그 길을 따라 더 달리니 이제 너른 초원 위에 말이 보이기 시작했고, 이어서 노란 유채꽃밭이 보이기 시작했다. 내가 생각하고 꿈꾸던 제주의 모습. 아빠와 나는 일제히 환호성을 질렀다.

"이야, 제주구나!"

"와, 아빠 옆에 유채꽃 봐!"

"죽인다!"

"아빠, 이번 여행은 영상 찍는 것에 집중하지 말고, 오롯이 여행을 즐기세요."

"그래, 좋지."

그렇게 연이어 환호성을 지르며 식당에 도착했다. 우리는 오늘의 메뉴가 무엇인지 모르고 뒤따라왔다. 하물며 이번 여행 코스도 들은 게 없어서 어디로 가는지 알 수 없었다. 마냥 사장님을 따라 달리는 여행. 그래서 더 스릴 있었다. 제주도 여행의 첫 메뉴는 뭘까. 가게에 들어서니 고소한 냄새가 가득했다. 메뉴를 보니 닭 샤부샤부 전문점이었다. 샤부샤부는 익히 먹어 왔지만, 닭 샤부샤부? 어떤 음식인지 궁금해지기 시작했다. 야채가 들어간 육수와 가지런히 썰려 나온 생닭고기가 함께 나왔다. 먹는 방법을 들어보니 일반 샤부샤부처럼 국물에 닭고기를 넣고 야채와 함께 건져 먹는 요리였다.

정말 색달랐다. 맛 또한 좋았다. 고기를 어느 정도 먹으니 라면 사리가 나왔는데 넣고 끓이니 끝내줬다. 낯을 조금 가리는 편인 나는 사장님과 함께하는 첫 식사라 조금 어색할 법도 했지만, 음식이 맛있어서 그런 감정을 느낄 새도 없이 허겁지겁 먹었다. 그리고 녹두죽으로 마무리. 아빠와 나는 바이크 여행할 때 식사 시간을 맞춰 밥을 먹을 때가 거의 없고, 음식이 맛있던 적도 드물었다. 특히 유튜브 촬영을 하는 날에는 더더욱 그랬다. 그래서인지 첫 목적지부터 만족스러운 식사를 하니 든든하고 남은 여행도 기분 좋을 것 같은 예감이 들었다. 그렇게 식사를 마치고 다시 바이크에 시동을 걸려는 찰나 멀리서 한 어르신이 다가왔다.

"아빠랑 딸이랑 같이 바이크 타는 유튜버 아니세요?"

"맞습니다. 안녕하세요."

"여기서 이렇게 뵙네요."

"그러게요. 저희 오늘 제주도로 바이크 여행 왔거든요."

"아 그래요? 우리 아들도 유튜브 즐겨 보고 저도 잘 보고 있습니다."

제주도에서 구독자를 만날 줄이야. 그것도 첫날, 첫 목적지에서. 선뜻 말을 건네주셔서 감사했다. 그렇게 짧지만 따스한 대화를 나누고 우리는 다시 여정을 이어갔다.

사장님께 이번 루트를 슬쩍 여쭤봤다. 3일간 제주도를 일주할 예정이라고 하셨다. 제주도 일주라니, 다음 목적지는 어떤 곳일까. 녹음이 펼쳐진 길을 따라 달리며 다시금 제주를 느꼈다. 이동하는 내내 주변에 높은 건물이 보이지 않고 온통 산과 들, 나무로 가득했다. 이것만으로도 일상의 피로가 씻겨 내려가는 기분이 들었다. 같은 한국이지만 서식하는 나무와 숲의 모양이 낯설어 이국적으로 느껴졌다.

대학교 시절 친구와 함께 제주를 여행한 적이 있었지만, 대중교통을 이용해서 움직였기 때문에 광활한 풍경을 많이 접하지 못했다. 우리는 제주 바람을 온몸으로 맞으며 달렸다. 그렇게 어느 작은 시골길로 들어서게 됐다. 마을 입구에서 돌하르방이 우리를 반겼다. 그 제주다운 모습에 아빠와 나는 상기되기 시작했다. 왜인지 바다 내음도 나는 것 같았다. 도대체 어디로 가는 것일까? 궁금증으로 가득 찬 순간 눈앞에 삼나무 길이 펼쳐졌다. 고요한 길 위에 오롯이 우리의 바이크 세 대뿐이었다.

"제주구나, 제주!"

"좋다. 좋아!"

　헬멧을 쓰고 있었지만, 틈새로 불어오는 숲의 향기에 크게 심호흡했다. 흐린 날씨에 제법 습함이 느껴졌지만 나는 습한 숲의 냄새를 좋아한다. 특히 여름이면 특유의 냄새가 느껴졌는데, 이는 비 때문이라고 한다. 빗방울이 지표면에 닿는 순간 발생한 에어로졸Aerosol을 통해 지오스민Geosmin 등 화학물질을 발생시켜 공기 중에 퍼지면서 나는 냄새다. 에어로졸은 기체나 고체, 액체의 작은 방울이 분산되는 것을 뜻하고, 안개도 에어로졸의 일종이라고 한다. 지오스민은 사전적 의미로 특정 박테리아가 생성하는 독특한 흙 향기를 내는 유기 화합물이라고 하는데, 비가올 때 숲에서 나는 냄새가 지오스민 향이라고 생각하면 된다. 내가 이런 정보를 알게 된 것도, 비 오는 날의 숲 향기를 좋아해서 찾아보다가 알게 된 정보였다. 계절의 향기, 바람의 향기, 흙의 향기. 이 모든 것은 나에게 영감을 실어다 준다.

그렇게 숲 향기가 스며든 길을 달렸다. 삼나무숲 길을 지나 이번엔 초원이 펼쳐졌다. 그 위를 노루 한 마리가 자유롭게 뛰놀고 있었다. 처음엔 고라니인 줄 알았는데 제주에는 고라니의 개체 수보다 노루의 개제 수가 더 많다고 했다. 신비로웠다. 이렇게 한가로운 오후에 그 무엇의 방해도 받지 않고 낮은 숲에서 뛰노는 노루를 볼 수 있는 곳이 국내에 몇 곳이나 있을까. 길 끝에 다다르니 막혀 있어, 우리는 왔던 길을 되돌아갔다. 짧은 순간이었지만 생각을 비울 수 있는 시간이었고 그 빈 공간을 신선함으로 가득 채울 수 있었다. 이어서 다음 목적지로 이동했다.

"사진이라도 찍고 갈 걸 그랬나?"

아빠와 나는 바이크를 타는 도중에도 인터콤을 통해 대화를 나눴지만, 사장님과는 이야기를 주고받지 못해서 소통에 어려움이 있었다. 멈춰서 사진을 찍고 싶거나 잠깐 쉬었다 가고 싶을 때 소통의 어려움 때문에 그러지 못한 부분이 조금 아쉽기도 했지만 생각해 보면 우리에게 주어진 시간이 많지 않았기 때문에 부지런히 이동하는 게 맞을 수도 있다고 생각했다.

지나는 길에 제주의 돌담을 마주했다. 돌담 뒤로 빨갛게 피어난 동백꽃이 인상 깊었다. 제주의 돌담은 방풍이나 방목을 목적으로 사용되었다고 하는데, 지금은 세계문화유산으로 지정해야 한다는 말이 나올 정도로 아름다운 제주만의 풍경이다. 또 인상 깊었던 점은 집마다 감귤나무가 몇 그루씩 있다는 것. 제주에는 감귤이 흔하다 보니 내륙에서 대추나무나 감나무를 키우는 것처럼 흔한 풍경인 것 같았다. '바로 따서 먹는 감귤은 더 맛있겠지?' 제주의 풍경을 하나하나 관찰하다 보니 어느새 목적지에 다다랐다. 제주의 바다가 눈앞에 펼쳐지기 시작했다.

아빠와 나는 또 환호성을 질렀다. 아마 이번 여행은 숱한 환호성으로 가득 채워지지 않을까. 지도를 보니 서귀포시 남원읍. 제주의 남쪽 바다였다. 제주의 중심을 가로질러 여기까지 달려온 것이었다. 그곳에 이색적인 카페가 있었다. 여기가 목적지였다.

돌담 옆에 나란히 주차하고 카페로 들어섰다. 산장 느낌의 한 카페. 메뉴판이 아기자기한 그림으로 가득했다. 사장님과 인사를 나누고 이런저런 이야기를 나눴다. 알고 보니 사장님은 네팔 어린이들을 위해 천 개의 도서관 프로젝트도 실천하고 계신 김형욱 사진작가셨다. 감사하게도 여행을 다니면서 찍은 사진엽서를 우리에게 선물로 주셨다. 맑은 눈을 동그랗게 뜨고 카메라를 바라보는 순수한 네팔 소년의 사진이 눈에 들어왔다. 그 사진을 바라보며 사진에 담긴 의미를 유추해 봤다. 과연 어떤 이야기를 카메라에 담고 싶으셨던 걸까. 사진작가라는 직업도 어떻게 보면 책을 쓰는 작가와 다를 바 없다고 생각했다. 이 사진 한 장에 수많은 이야기와 여정이 담겨 있을 테니까. 어쨌든 나는 생각지 못한 선물에 기분이 좋아졌다. 개러지 사장님은 이곳에서 티라미수와 티를 꼭 먹어 봐야 한다고 하셨다. 우리는 티라미수와 티를 주문했다.

사실 나는 단것을 좋아하지 않는다. 치즈케이크나 티라미수는 일 년에 한두 번 먹을까 말까였다. 그래도 사장님이 추천해 주신 메뉴이니 기대를 안고 한 스푼 맛을 보았다. 티라미수는 케이크에 가깝다기보단 푸딩에 가까운 모양이었는데 입에 넣자마자 사르르 녹았다. 생각보다 달지 않았고 너무 맛있었다. 그렇게 단맛에 익숙해질 때쯤 따뜻한 티 한잔을 곁들이니 금상첨화였다.

"제가 먹어 본 티라미수 중에 가장 맛있어요."

과장이 아니라 정말 그랬다. 케이크 한 조각을 다 먹지 못하는 내가 한 컵을 다 먹다니. 아빠도 나와 입맛이 비슷한데, 아빠 또한 한 컵을 다 비웠다. 따뜻한 티와 달콤한 티라미수에 금세 몸이 노곤해졌다. 이대로 앉아 있다간 졸음운전이라도 할 것 같아 자리를 털고 일어나 아빠와 함께 야자수를 배경으로 제주에서의 첫 사진을 기록해 보았다.

드디어 기대하던 해안 도로를 달릴 수 있게 되었다. 우리는 카페 바로 앞의 해안 도로로 향했다. 지금부터 이 해안 도로를 따라 성산일출봉까지 달릴 예정이었다. 날씨가 화창해서 에메 랄드빛 바다면 좋았으련만, 그래도 처음으로 마주한 제주의 바 다가 반가웠다. 화강암에 부딪히는 파도는 또 색달랐다.

"아빠, 날이 밝아서 바닷물이 에메랄드빛이었으면 더 예뻤을 텐데."

"오늘 날씨 때문에 파도가 많이 쳐서 바닥에 흙이 다 올라와서 그 게 안 보인대."

"햇빛이 있어야 하늘색이 반사되면서 물색도 잘 보이는데."

"비가 안 오는 것만 해도 행복한 줄 알아라. 뭘 더 바라냐."

나는 제주의 에메랄드빛 바다를 보여 주고 싶었기 때문에 조금 아쉬움이 남았다. 그러나 제주의 날씨는 시시각각 바뀌고, 우리에겐 이틀이란 시간이 남아 있으니 내일을 기대해 보기로 했다. "스트레스야 날아가라!"라는 나의 외침에, 아빠는 "하하하, 오늘 다 날아갔어. 제주 바닷바람 맞으면서 바이크 타니까 많이 날아갔어"라며 소년 같은 웃음을 지어 보였다. 이런 말을 해도 될지 모르겠지만 가끔은 아빠가 내 절친한 친구 같기도 하다. 함께 나누는 대화 속에 많은 즐거움이 공유된다.

멀리 성산일출봉이 보이기 시작했다. 사장님이 길을 멈춘 곳은 성산일출봉과 제주의 바다를 한눈에 볼 수 있는 멋진 곳이었다. 우리도 그 뒤를 따라 바이크를 잠시 멈춰 봤다.

아빠와 나는 바이크와 함께 나란히 포즈를 취했다. 유튜브 채널을 운영하면서 아빠도 나도 사진 포즈가 많이 느는 것 같다. 제법 다양한 포즈로 사진을 남겼다. 이렇게 대자연을 눈앞에 두고 있다 보면 한없이 작은 나의 존재에 대해 다시금 생각하게 된다. 사진 촬영 후 다시 바이크에 시동을 걸었다. 우리는 속도에 욕심을 내지 않고 30~40km/h의 속도로 느긋하게 풍경을 만끽해 봤다. 사이드 미러에는 성산일출봉이, 눈앞엔 푸른빛 바다, 옆으로는 길게 줄지어진 돌담이 '여기가 바로 제주야'라고 말해 주는 듯했다. 그리고 다음 목적지는 멀지 않은 곳에 있었다.

동남아 휴양지처럼 꾸며진 어느 한 카페였다. 여름엔 서핑 강습도 이루어지고 바이크 용품도 판매하는 곳인 듯 보였다. 장거리 라이딩을 하면 이렇게 틈틈이 휴식 시간을 갖게 되어 좋다. 한 편에는 카페 사장님이 직접 디자인하고 만든 헬멧이 전시되어 있었는데, 아빠는 헬멧이 마음에 들었는지 가게에 들어서자마자 헬멧이 있는 곳으로 향했다. 다양한 색깔에 화려한 무늬가 새겨져 있는 헬멧들. 가격도 저렴한 편이어서 선물해 주고 싶었는데, 짐이 많아 그러지 못한 게 마음에 계속 걸렸다. 다음에 더 멋진 헬멧을 선물하겠다고 약속하며 어떤 디자인의 헬멧이 잘 어울리는지 이것저것 착용해 보았다. 아빠의 라이딩 의상이 청바지에 검은색 가죽 잠바여서인지 어떤 헬멧이든 잘 어울렸다.

신기한 게 아빠도 어느새 바이크 용품을 보면 나처럼 신나 했다. 새로운 취미, 그리고 거기서 느끼는 감정과 모습을 나란히 닮아가는 시간이 소중하게 느껴졌다. 바이크가 아니었다면 아빠와 이렇게 시간을 많이 보낼 일이 있었을까? 내가 서울에서 자취하던 시절에 아빠가 하루에 한 번 이상 꼭 전화해 안부를 물어봐 주곤 했다. 그리고 얼굴을 볼 수 있는 날은 주말뿐이 있는데, 그마저도 친구를 만나거나 일을 해아 해서 무언가를 함께 즐길 수 없었다.

나는 지금이 다시 오지 않을 소중한 순간이라는 걸 다시금 느꼈다. 바이크 덕분에, 또 유튜브 운영이라는 핑계로 더 많은 시간을 아빠와 함께할 수 있는 현재에 감사했다. 이런 생각은 함께하는 여행을 거듭할수록 커져 갔다. 아빠도 나와 같은 생각일까? 영상으로 이 모든 기록을 남길 수 있다는 게 유튜브의 장점이다.

따뜻한 커피와 핫초코를 주문해 추워진 몸을 녹였다. 창밖엔 주차된 바이크와 또 다른 느낌의 제주 바다가 펼쳐져 있다. 시간에 얽매이지 않고 정신없이 이곳저곳을 다녔더니 벌써 하루가 저물어 가고 있었다. 라이딩할 때는 시계를 보지 않게 된다. 낮이든 밤이든 내가 원하는 목적지로 달리는 데 여념이 없다. 물론 놓인 상황에 따라 다르긴 하겠다만, 라이딩할 때 시간에 얽매이게 되는 순간 즐거움은 절반으로 줄어든다.

우리는 개러지로 돌아왔다. 저녁이 되니 여행 후 복귀한 바이크로 더욱 붐볐다. 아빠와 나는 휘둥그레진 눈으로 바이크를 한참 구경하다가 다 같이 저녁을 먹기로 했다. 사장님이 방어가 맛있는 집이 있다며 이걸 먹으면 지금까지 먹었던 방어는 방어가 아닐 거라고 말씀하셨다. 정말 그랬다. 큼지막한 방어는 아삭아삭한 식감과 함께 입에서 녹아 사라졌다. 오늘 하루 많은 추억을 남길 수 있도록 해 주신 개러지 사장님께 감사한 마음이 들었다. 우리는 늦은 시간까지 오늘에 대한 회포를 풀며 내일에 대한 기대를 안은 채 하루를 마무리했다.

둘째 날

둘째 날 아침, 일어나자마자 숙소의 커튼을 젖히고 날씨를 확인했다.

"오늘도 비가 오려나."

여전히 햇살은 구름 뒤로 모습을 감추고 있었다. 그나저나 창문 밖을 바라보니 네모난 돌담 밭에 말 한 마리가 유유자적 거닐고 있었다. 일어나서 창문을 열고 마주한 첫 풍경에 말이 있다니. 집이었다면 상상할 수 없는 광경에 괜히 피식하고 웃음이 새어 나왔다. 오늘도 우리는 개러지로 향했다. 가는 길에 보슬비가 내린다. 비를 맞으며 아빠에게 이런 말을 건네 봤다.

"비가 오면 자연의 색이 진해지기 때문에 비 오는 날도 좋아요, 나는"이라는 말에, 아빠는 "즐기는 거야"라고 화답했다. 그렇게 우리는 개러지에 도착했다. 잠시 비가 그치길 바라며 개러지에 보관된 바이크를 둘러보기로 했다. 수많은 바이크는 위탁 보관 중이라고 했다. 안전한 제주도 투어를 위해 이곳에서 점검받는 바이크였다. 문득 이런 생각을 했다. '작은 바이크 한 대를 구매해서 위탁해 두고 제주도에 올 때마다 사용할 수 있다면 얼마나 좋을까?' 상상의 나래를 펼치며, 바이크를 구경하던 중 'ROK Republic of korea' 스티커가 붙어 있는 바이크가 눈에 들어왔다. 바이크를 가지고 해외로 나가면 바이크에 ROK 스티커를 붙여야 하는데, 어딜 다녀왔는지 알 수 없지만 넓은 세상을 여행하고 왔을 이 바이크가 새삼 멋져 보였다. 밖을 바라보니 비가 어느 정도 그쳐 가고 있었다. 더 이상 시간을 지체하지 않고 여행길에 오르기로 했다.

"라이딩을 또 한번 즐겨 봅시다."

제주의 날씨는 수시로 바뀌었다. 저 멀리는 해가 보이는데, 우리가 달리는 곳은 비가 내렸다. 오늘의 첫 목적지는 짬뽕집이었다. 비 오는 날씨에 제격인 메뉴였다. 10분 정도 달리니 길의 끝에 바다가 보이기 시작했다. 오늘도 해안 도로를 따라 달릴 예정이다.

"와, 바다다!"

"바다가 부른다."

느닷없이 펼쳐진 푸른 바다의 풍경이 놀라웠다. 그리고 얼마 지나지 않아 야자수가 가로수로 심겨 있는 길이 나타났다. 이정표에 용두암이 보였는데, 그걸 보고 아빠는 애창곡인「용두산 엘레지」의 용두산을 용두암으로 개사하여 열창했다. 야자수가 가로수라니. 이국적인 풍경에 설렘이 커지기 시작했다.

"여긴 대한민국이 아닌 것 같아."

아빠도 이런 풍경을 처음 접하는 거라 이미 상기된 목소리에서 얼마나 즐거운지 느낄 수 있었다. 이어서 이호테우해수욕장 이정표가 보이기 시작했다. 이름이 특이해서 외우고 있던 곳이었는데, 말 등대로 유명한 곳이기도 하다. 이정표를 지나 코너를 도니 제주 바다가 펼쳐지는 해안 도로가 나타났다. 환호성이 절로 나오는 풍경에 아빠는 "망망대해로구나", "좋아. 좋아"라는 추임새로 분위기를 한껏 끌어 올렸다. 놓치고 싶지 않은 바다의 풍경에 나는 헬멧의 실드를 올린 채 바라보았다.

날이 흐리다고 해도 동해와는 확연히 다른 바다 빛이었다. 하지만 오늘도 바다는 에메랄드빛을 보여 주지 않았다. 아무렴 좋았다. 내가 이 길 위를 달리고 있다는 사실만으로도 행복했다. 오른쪽엔 제주 바다가 왼쪽엔 한라산이 펼쳐진 길 위에서 모두 한마음으로 풍경을 보기 위해 느릿느릿 달린다. 그 누구도 클랙슨을 울리거나 재촉하는 일이 없다. 자동으로 나오는 콧노래를 흥얼거리며 목적지까지 신나게 달려 보았다.

첫 번째 목적지인 짬뽕 전문점에 도착했다. 가게에 들어서니 다양한 종류의 짬뽕이 있었다. 갈비짬뽕, 소양곱창짬뽕, 뼈다귀들깨짬뽕, 곤이짬뽕 등 지금까지 내가 봐 왔던 메뉴와는 사뭇 달랐다. 아빠는 갈비짬뽕, 나는 곤이짬뽕을 주문했다. 평소엔 특별할 것 없던 음식이지만, 오늘은 조용히 음미해 봤다. 다음 여행 때 또 찾아올 수 있는 나만의 맛집이 생겨 좋았다.

식사 후 밖을 보니 다시 비가 내리기 시작했다. 아마 여행 내내 비가 그치지 않을 것 같았다. 빗줄기가 더 굵어지기 전에 서둘러 다음 목적지로 이동했다. 출발한 지 얼마 되지 않아 비가 많이 내리기 시작했다. 이 상황에서도 아빠와 나는 농담을 주고받으며 수도 없이 웃었다. 비가 올 때 고개를 옆으로 돌리면 바람에 빗물이 씻겨 내려간다며 마치 자동차 윈도우 브러시가 작동하는 것과 같다고 했다. "윈도우 브러시가 아니라 윈드 브러시네"라며 오히려 웃음이 만개했다.

잠시 고개를 내려 옷을 살펴보니 점퍼, 바지 할 것 없이 신발, 양말까지 모두 젖어 있었다. 아빠는 더 이상 안 되겠다고 생각했는지 이대로는 못 가겠다고 했다. 사장님은 근처에 카페가 있으니 그곳으로 가서 우비로 갈아입자고 하셨다. 지도를 보니 제주시 한경면. 바다 앞에 우리를 구해 줄 한 카페를 발견했다. 바이크는 밖에 잠시 주차해 두고 카페 안으로 들어섰다.

테이블 위에 놓인 비 맞은 헬멧은 안쓰러워 보였다. 사실 안쓰러운 건 헬멧뿐만 아니라 우리 모두였다. 비를 맞아 추워진 몸을 따뜻하게 해야 할 것 같았다. 이름만 봐도 몸이 따뜻해지는 '복숭아꽃 이슬 차'를 마셔 보기로 했다. 추위 끝에 맛보는 따스한 달콤함이 어느 정도 위안이 됐다. 개러지 사장님은 비가 그칠 생각을 안 하니 이대로 여행을 강행하기엔 무리라며 바이크로 하는 여행은 멈추고 남은 여행은 자동차로 이동하자고 하셨다. 개러지에서 우리 바이크를 싣고 가고 승합차로 여행을 마무리하기로 했다.

제주도 서쪽만을 남기고 바이크 여행을 끝내는 게 아쉽기도 했지만, 여행을 계속했다간 모두의 건강을 해칠 수가 있어 승합차로 남은 여정을 지속하는 것도 나쁘지 않다고 생각했다. 차창 밖으로 바라보는 제주의 풍경 역시 멋졌다. 다들 비를 맞고 라이딩해서인지 한동안 말없이 풍경을 바라볼 뿐이었다. 어떤 생각을 하는지 묻지는 않았지만, 아마도 아쉬움이 크지 않았을까.

다음 목적지는 고대하던 한라산 1100고지 습지였다. 이동하는 내내 길을 따라 안개가 자욱하게 깔린 제주의 모습은 색다른 매력으로 다가왔다. 그 길을 따라 자전거 라이딩을 즐기는 사람들이 줄지어 있었다. 어쩌면 우리와 같은 도전으로 왔을 그들을 보니 마음이 뜨거워졌다. 안개를 뚫고 주변이 어딘지도 모른 채로 달리다 보니 지금이 어디쯤인지 가늠이 되지 않았는데 자세히 주변을 살펴보니 지금까지 봐 왔던 풍경과는 사뭇 다른 모습이 펼쳐졌다. 언덕길 주변으로 솟아 있는 수많은 나무의 향연. 아마 한라산을 오르는 중인 듯했다. 창문을 살짝 여니 그사이를 비집고 들어오는 공기가 차 안을 가득 메운다.

내가 좋아하는 비 온 뒤 숲의 향기였다. 그 향기를 따라 한참을 오르니 드디어 목적지에 다다르게 되었다. 처음에 1100고지 습지에 간다고 했을 때 등산해야 하는 줄 알았는데, 자동차나 바이크로도 오를 수 있는 길이었다. 중간중간 반가운 바이크도 보였다. 이곳에 어떤 풍경이 있길래 많은 사람이 찾아오는 것일까, 궁금해하던 참에 안내판이 보였다.

"제주 1100고지 습지는 한라산 고원지대에 형성된 대표적이 산지 습지로서 지표수가 흔하지 않은 한라산의 지질 특성을 고려할 때 매우 중요한 지역입니다. 멸종위기 야생생물 및 고유생물, 경관, 지질 등 보전할 가치가 뛰어나 습지 보호 지역으로 지정하고 보호하고 있으며, 람사르 습지로도 등록되어 있습니다."

이곳에 습지가 있었다. 오늘 날씨와 정말 어울리는 곳이라고 생각했다. 입구부터 새의 지저귐과 졸졸 흐르는 습지의 소리가 하모니를 이뤄 공간을 가득 메웠다. 그리고 이어진 머리 깊숙이 스며드는 숲 향기의 향연. 우리는 습지를 따라 거닐어 보기로 했다. 이곳에는 노랑턱멧새, 흰눈썹황금새, 큰부리까마귀, 곤줄박이, 노루, 오소리 등 많은 생물이 살아가고 있다. 다소 낯선 이름들이었지만 친절하게 사진과 함께 설명해 둔 안내판을 보며 혹시 지금 주변에 이런 동물이 있는지 찾아보기도 했다. 이 모든 과정이 참 재밌었다. 날씨가 맑은 날엔 또 어떤 느낌일까.

우리는 다시 차를 타고 이동했다. 시시각각 달라지는 제주의 풍경. 분명 조금 전까지는 안개로 가득했는데, 순식간에 화창한 날씨로 변했다. 너무 순식간에 벌어진 일이라 '이렇게 날씨가 급변할 수 있구나' 하고 조금 놀랐다. 내려가는 길목에 도깨비 도로가 나타났다. 제주도에서 유명한 곳으로 많은 사람이 이 신비함을 체험하러 찾는 곳이기도 하다. 기어를 중립에 두면

차가 저절로 움직이는데, 오르막길처럼 보이는 곳이 사실 내리막길이라고 한다. 아빠도 나도 이 상황이 믿을 수 없다는 듯 눈이 휘둥그레진 채로 앞을 한참 바라봤다. 언젠간 다시 바이크로 경험해 볼 날이 오겠지?

어느새 배에서 꼬르륵하고 식사 알람을 보내왔다. 지금까지 식사는 만족스러웠기 때문에 오늘의 저녁 메뉴도 궁금해졌다. 애월읍에 위치한 한 한식집에 도착했다. 메뉴를 보니 갈치구이, 갈치찌개, 김치찌개 등 다양한 한식을 선보이고 있는 가게인 듯했다. 개러지 사장님은 이곳의 갈치요리가 정말 맛있다며 갈치구이와 갈치찌개를 주문하셨다. 나는 가시가 많은 생선을 좋아하지 않아서 빈신반의했는데, 갈치의 가시를 잘 발라내는 방법도 알려 주셔서 따라 하니 손쉽게 요리를 즐길 수 있었다. 이렇게 크고 살이 가득한 갈치는 처음 봤다. 껍질은 바삭하고 살은 촉촉한 겉바속촉의 갈치. 갈치조림 또한 조림무와 함께 맛보니 왜 여태껏 갈치를 먹지 않았을까 하는 의구심이 들었다. 이번 끼니도 성공적이었다.

저녁이 되니 비가 그쳤다. 저녁 시간을 어떻게 보내면 좋을지 고민했다. 바이크는 잘 있나 문득 그리워졌다. 야간 라이딩을 즐겨 볼까 하고 일기 예보를 보니 비가 내릴 예정이었다. 오늘 저녁은 특별한 일정 없이 앞으로 어떤 여행이 될지 이야기 나누며 하루를 마무리하기로 했다.

우리가 2박 3일을 묵은 호텔 방은 침대 두 개가 있는 트윈룸이었다. 아빠와 나는 집이 아닌 외부에서 단둘이 숙박을 한 적이 없었다. 엄마가 돌아가신 후 한동안 외로워하는 아빠 옆에서 잠을 청한 적이 있었지만, 그 이후로 처음 아빠와 단둘이 잠을 자보는 것이었기 때문에 왠지 모르게 더 가까워진 기분이 들었다. 아빠와 나는 편의점에서 사 온 주전부리와 맥주 한 캔을 마시며 이번 여행에 대한 회포를 풀었다.

"야, 제주도 한 바퀴를 다 돌다니. 네 덕분이다."

"아빠 비행기 한번 태워 드리는 게 내 목표였는데, 나도 원 풀었지 뭐."

"비가 와서 솔직히 조금 아쉬운 부분은 있었지만, 다음에 또 오면 되잖아. 그치?"

"그럼. 한 번 와 봤으니까 두 번은 쉽지. 비가 오긴 왔어도 느낌이 육지랑은 아예 달라서 좋았어. 나무 수종이라든지, 돌담이라든지."

"맞아. 힘든 순간도 뒤돌아보니까 다 좋은 추억이네. 건배 한번 하자. 건배!"

"위하여!"

아빠와 함께 밤이 깊어져 가는 줄도 모른 채 그렇게 한참 이야기꽃을 피웠다. 아빠는 피곤했는지 자면서 코를 골았다. 나는 아빠를 보며 부디 즐거운 여행이었기를, 좋은 꿈을 꾸기를 바랐다. 그렇게 여행의 마지막 밤이 저물어 갔다. 다음 날은 비행기 시간까지 여유가 있어서 아빠와 도두봉에 들르기로 했다. 탁 트인 바다와 오가는 비행기를 바라보며 많은 사진을 남겼다.

우리의 찬란했던 제주도 여행은 막을 내렸다. 집으로 돌아와 아빠의 짧은 소감을 인터뷰해 봤다.

"제주도에 다녀온 소감 한번 얘기해 주실 수 있나요?"

"퇴직하고 한 번 갔다 와야지 생각했는데, 바이크랑 같이 갔다 오니까 새롭습니다."

"엄마 살아생전에 생신 선물로 제주도 같이 여행 가자고 했었잖아요. 그걸 못 간 게 마음속에 늘 자리 잡고 있었는데, 그래도 아빠와 즐겁게 갔다 와서 기분이 정말로 좋네요."

말이 끝나자, 아빠는 머쓱했던 건지 환한 미소를 보였다.

"내가 아빠한테 에메랄드빛 바다를 계속 얘기한 게 그걸 꼭 한번 보여 드리고 싶었거든. 그래서 여름이나 다음에 또 한번 가 보면 좋을 것 같아."

"근데 에메랄드빛 바다도 좋지만, 전체적인 분위기가 좋았어. 한라산 습지의 경이로운 이끼가 보기 좋더라고. 전혀 생각지도 못한 새로운 맛을 느끼고 왔습니다."

"앞으로 더 좋은 곳 많이 놀러 다니자고요."

"한 번 더 제주 여행을 간다면, 화창한 날씨에 시원한 바닷가를 즐기며 확 트인 도로 위를 바이크와 함께 달려 보고 싶습니다. 박수!"

"짝짝짝."

그랬다. 아빠가 퇴직하고 떠난 첫 여행이었다. 그래서 더 감회가 새로웠다. 우리에게 주어진 이 기회에 다시 한번 감사했다. 먼저 개러지 사장님께, 그리고 만났던 모든 풍경과 인연에게. 훗날 내가 결혼하고 자녀를 두었을 때 할아버지와의 여행 추억을 이야기하면서 웃음 지을 수 있는 날이 오겠지. 그때까지 아빠가 건강해서 오래오래 함께 여행했으면 좋겠다.

첫째 날

구미는 내게 다소 생소한 도시이다. 공단이 유명하다는 정도로 알고 있던 도시였는데, 우리의 영상을 보고 협업하자는 제안을 받게 되었다. 반가운 제안이었다. 망설일 필요 없이 우리는 구미로 떠나기로 했다.

아빠와 가장 멀리 라이딩을 갔던 곳은 제주도였지만, 제주도까지 바이크를 직접 타고 간 것은 아니었기 때문에 아마 이번 여행이 가장 최장 거리 여행이 될 것 같았다. 우리는 그렇게 깊어져 가는 가을, 구미로 1박 2일 여행을 떠나게 되었다. 앞서 말했듯이, 구미라는 지역은 다소 낯설었다. 구미에 대해 구체적으로 알지 못하다 보니, 여행을 가 봐야겠다고 생각한 적이 없었는데 이번 기회에 어떤 곳일지 알아보고 싶었다. 내비게이션에 검색해 보니 대략 3시간 거리였다. 넉넉잡아 4시간은 걸릴 듯했다.

평일 아침 우리는 여행길에 올랐다. 하루를 시작하는 수많은 자동차 사이를 달렸다. 평일의 여행은 바쁘게 돌아가는 일상 속 여유를 즐기는 묘미가 있다. 자욱하게 깔린 아침 안개를 뚫으며 스로틀을 감았다. 11월의 아침은 생각 이상으로 추웠다. 11월 초였는데 벌써 한겨울이 온 것 같았다. 바이크를 타면 체감 온도가 달라지다 보니, 아빠와 나는 온몸을 덜덜 떨며 구미로 향했다. 문경에 다다랐을 때쯤 아빠가 왼쪽을 보라고 말했다. 굽이쳐 흐르는 강과 멋진 암석이 솟아 있었다. 물도 정말 맑았는데 강 이름이 영강이라고 했다. 이어서 암석 터널이 나타났다.

자연적으로 만들어진 암석인 줄 알았는데, 인공 터널이었다. 별것도 아닌데 터널을 빠져나가는 기분이 색달랐다. 아빠는 이 길이 처음이 아니었지만, 나는 처음으로 달리는 길이었다. 달릴수록 달라지는 풍경이 신선했다. 시간이 지나니 기다렸던 햇빛이 서서히 길 위를 비추기 시작했다. 햇빛을 받아 더욱 노랗게 빛나는 황금 들녘은 가을이 무르익어 감을 느끼게 했다.

속도를 낮추고 기찻길 옆 펼쳐진 평야를 바라봤다. 풍경을 바라보고 있자니 마음이 차분해졌다.

이정표를 보니 어느덧 구미 32km, 선산 16km. 우리의 첫 목적지는 구미 무을면에 있는 수다사였다. 수다사는 통일신라시대에 지어진 오래된 사찰로 도리사와 더불어 선산 지역의 가장 오래된 절 가운데 하나다. 단풍과 함께 사찰의 풍경이 멋진 곳이라고 해서 잔뜩 기대를 안고 달렸다. 좁은 산길을 지나 도착한 수다사는 달마대사 석상이 환한 웃음으로 우릴 반겨 주었다. 그 위엔 사람들의 소원이 담긴 동전이 놓여 있었다.

수다사는 커다란 은행나무로도 유명한 곳이었는데, 몇 개의 계단을 오르니 입구 양옆에 아름드리 은행나무를 발견할 수 있었다. 600년 된 은행나무의 자태는 실히 눈부실 정도로 노랗게 반짝이고 있었다. 아빠와 나는 가을바람에 은행잎이 우수수 비가 되어 내리는 풍경 아래에서 한동안 감상에 젖었다. 또 몇 개의 계단을 오르니 대웅전이 자리 잡고 있었다. 아담했지만 세월이 느껴지는 고풍스러운 건축 구조가 마음에 들었다. 대웅전 안에 경상북도 유형문화재인 목조아미타여래좌상이 있다고 하는데 1649년 제작된 역사 깊은 좌상이라고 해서 기대했는데 문이 닫혀 볼 수 없어서 아쉬웠다.

그 대신 아름답게 꾸며진 사찰의 정원을 한 바퀴 돌아보기로 했다. 화려하진 않지만 수려하고 고즈넉한 수다사의 정원.

이 매력에 매료되어 아빠와 도란도란 이야기를 나누며 사찰을 한 바퀴 돌아봤다.

"와, 여기 풍경 되게 좋다."

"응. 작은 사찰이지만 조용하고 아담한 게 좋네."

시계를 보니 점심시간을 훌쩍 넘기고 있었다. 배고플 아빠를 위해 식사를 하러 서둘러 이동했다. 오늘은 선산 5일장이 서는 날. 규모가 꽤 큰 5일장이다. 식사 메뉴를 정하지 않고 무작정 시장에 가서 이끌리는 곳으로 들어가기로 했다. 수다사에서 20분 거리를 달려 시장에 도착했다. 입구부터 차로 가득했다. 활기찬 시장의 에너지가 벌써 느껴졌다. 과일부터 각종 채소, 간단한 먹거리까지 없는 게 없는 선산 5일장의 끝이 보이지 않을 정도로 큰 규모에 놀라움을 감출 수가 없었다. 이 풍경을 담기 위해 드론을 날려 보았는데 시장길을 한참 따라가도 끝이 보이지 않을 정도였다. 대략 1km 거리가 모두 장이 서는 곳인 듯했다. 다 돌아보려면 족히 30분 정도 걸릴 것 같았다. 시장 중심으로 왼편을 둘러보기로 했다. 족발, 치킨, 도너츠, 튀김 등 갖가지 음식과 옷, 생활용품 등 정겨운 풍경이었다.

내가 사는 원주에도 5일장이 열린다. 어렸을 적 엄마와 자주 장에 놀러 가 호떡을 꼭 사 먹었던 기억이 새록새록 떠올랐다. 그렇게 잠시 옛 추억에 잠기다 우리는 식사를 위해 한 가게에 들어섰다. 아빠는 소고기, 돼지고기 알레르기가 있어서 닭개장이 있는 식당을 골랐다. 닭개장뿐만 아니라 석쇠불고기, 선짓국을 함께 판매하고 있는 곳이었다. 아빠는 닭개장, 나는 석쇠불고기를 주문했다. 3시 반에 먹는 점심이었다. 아침부터 거센 추위를 뚫고 장거리를 운전하니, 너무 배가 고팠다.

"아빠, 여기가 구미 맛집이래. 평소에는 줄을 서야 먹는대."

"어쩐지 맛있었어."

식사를 마치고 시장을 더 둘러보았다. 뭐라도 하나 사 갔으면 했는데, 마침 아빠는 집에 수세미가 필요하다며 알록달록한 뜨개수세미 두 개를 구입했다. 별것도 아닌데 마음에 드는 색상과 디자인을 고르는 재미가 있었다.

이제 숙소로 돌아갈 차례였다. 오늘의 숙소는 조금 특별한 곳이어서 다시 한번 설레는 마음을 안고 이동했다. 아빠와 나는 낙동강이 펼쳐진 도로를 달렸다. 낙동강을 따라 여행해 보는 것도 버킷리스트에 있었는데, 오늘 간접적으로 그 기분을 느껴봤다. 아빠는 낙동강을 보더니 이렇게 외쳤다.

"여기가 어디냐, 낙동강 오리알이다~!"

우리가 묵을 곳은 다양한 문화 체험이 가능하면서 전통가옥에서 휴식을 즐길 수 있는 '신라불교초전지'라는 곳이었다. 처음 이름을 들었을 땐 템플스테이인 줄 알았는데, 템프스테이는 아니지만 승려 아도화상이 신라에 불교 포교를 위해 구미 선산 지역을 찾은 후 도리사라는 절을 세웠고, 그렇게 신라에 불교가 전해지기 시작했는데 기념하여 만들어진 곳이다.

도착하니 벗신 한옥과 징원이 잘 조성되어 있었다. 아빠와 나는 한옥에서 머무는 것이 처음이었다. 사극 드라마 속에 들어와 있는 듯한 기분이었다. 대충 짐을 풀어놓고 공간을 둘러보기로 했다. 숙소에서 조금 걸어 나가니 초가집으로 꾸며 놓은 곳을 발견했다. 탐스러운 호박도 담장 위에 주렁주렁 열려 있는 모습이 제법 구현을 잘해 놓은 듯했다.

마당을 들어서니 각종 전통놀이가 준비되어 있었다. 투호 던지기, 굴렁쇠 굴리기, 윷놀이, 제기차기, 지게 체험 등 재밌어 보이는 것이 많아 아빠와 나는 저녁 치킨 내기를 걸고 즐겨 보기로 했다. 먼저 가장 재밌어 보이는 지게를 메 보기로 했다. 쌀 몇 가마니가 올려져 있는 지게를 아빠가 짊어 멨다. 그러곤 재밌는 말 한마디를 던졌다.

"방앗간에 가야지. 여기가 방앗간이야?"

그 모습이 얼마나 우스꽝스럽던지 웃음이 끊이질 않았다. 그리고 다양한 게임을 체험해 보기로 했다. 먼저 아빠 한 번, 나 한 번 번갈아 가며 투호를 던졌다. 생각보다 잘하는 아빠의 실력에 의욕이 샘솟았다. 하지만 결국 아빠의 승리다. 다음 게임인 굴렁쇠에 도전했다. 나는 처음으로 굴렁쇠를 굴려 봤는데 시간 가는 줄 모르고 놀 수 있을 것만 같았다. 굴렁쇠 또한 아빠가 나보다 훨씬 잘했다. 아마 어렸을 적 경험 때문이었을까. 제기차기까지 더해 나의 완패였다.

내가 치킨과 맥주를 사게 되었다. 배달 앱을 열어 보니 이곳까지 오는 가게는 없었다. 그도 그럴 게 시내에서 꽤 거리가 있는 곳이었기 때문이다. 나는 다시 바이크에 시동을 걸고 선산 시내로 치킨을 픽업하러 다녀오기로 했다. 가로등 불빛이 줄지어 비추는 길을 달리며 구미에서의 마지막 밤 라이딩을 즐겨 보았다. 치킨이 식지 않게 가방에 잘 넣은 후 서둘러 다시 숙소로 향했다. 한옥 창문을 활짝 열고 풀벌레 소리와 함께 이 밤의 만찬을 누렸다.

"닭다리 짠!"

"오늘 하루도 무사히 마칠 수 있어서 행복하네요."

"내일이 또 기대됩니다."

서로 닭다리를 하나씩 잡고 건배를 외쳤다. 역시 여행 끝에 맛보는 야식은 그 어느 때보다도 맛있다. 그렇게 가을밤이 저물어 가고 있었다. 내일 여행도 부디 무사히 마치길 바라며 오늘 하루를 마무리했다.

둘째 날

둘째 날이 밝았다. 창문을 여니 시리도록 파란 가을 하늘에 눈이 부셨다. 구미에서의 마지막 여행을 시작해 보기로 했다. 화창한 날씨에 다시 마주한 낙동강은 새삼 푸르렀다. 특히 숭선대교를 건너며 마주한 낙동강에 기분이 상쾌해지기도 했다. 그렇게 우리는 오늘의 첫 번째 목적지로 향했다.

오늘의 첫 목적지는 새마을운동 테마공원이었다. 근현대사에 대해 간접적으로 체험할 수 있고 또 근현대사와 함께한 새마을운동을 기념하기 위해 설립된 공원이라고 했다. 나는 새마을운동에 대해 잘 모르지만, 아빠는 그 시대를 살아왔기 때문에 아빠랑 이야기하면서 돌아보면 재밌을 것 같아 선택하게 된 곳이었다. 구미 시내에 들어서니 멀리 케이블카가 보이는 듯했다. 구미에서 유명한 곳이 금오랜드라고 들었는데 아마 그곳인 듯했다. 이따가 들러볼 예정이었기 때문에 더 눈길이 갔다.

멀리 공단도 보였다. 구미는 구미공단이 가장 먼저 떠오르기도 했는데, 규모가 어마어마해 보였다. 공단에서 멀지 않은 곳에 새마을운동 테마공원이 있었다. 작은 기념관 정도로 생각하고 갔는데 생각보다 훨씬 컸다. 이곳에 박정희 대통령 생가와 테마촌도 꾸며져 있다. 지하 주차장에 바이크를 주차하고 이동하던 도중 멀리서 어떤 한 분이 다가오셨다.

"안녕하세요. 구독자입니다."

구독자분이었다. 이곳에서 우연히 구독자를 만나게 될 줄이야. 여기에서 일을 하고 있다고 하셨다. 우리 유튜브를 재밌게 보고 있다는 말에 수줍으면서 감사했다. 아빠도 이렇게 누군가 먼저 와서 인사해 주면 굉장히 기뻐한다. 종종 신호대기 중인 라이더분께 먼저 인사를 건네기도 하고 상대방이 먼저 알아봐 주면 기분이 좋아져 신나는 목소리로 일화를 풀어 주기도 했다. 나는 아빠의 이런 모습을 볼 때면 마음이 뿌듯해졌다.

기분 좋은 마음으로 우리는 테마공원에 입장했다. 동그랗고 넓은 잔디밭이 인상적인 공원의 광장이 멋스러웠다. 전시관엔 새마을운동의 역사 및 옛 생활용품, 건축 구조 및 생활 방식을 재연해 놓은 전시물이 많았다. 아빠는 추억에 젖었는지 과거를 회상하며 그때 그 시절에 대한 이야기를 시작했다. 아빠와 처음 나눠 보는 주제의 대화였다. 뒤이어 새마을회관 앞에 섰다.

"옛날에 동네마다 새마을회관이 있었어. 여기 모여서 지붕 개량을 한다거나 그런 것들을 회의했지."

말이 끝나자마자 아빠는 이런저런 흉내를 냈다. 그 모습에 또 재밌어서 웃음이 터졌다. 볼거리도 정말 많았다. 아빠와 도란도란 이야기꽃을 피우며 한참 즐거운 시간을 보낸 뒤, 우리는 다음 목적지로 이동했다. 이동하는 도중 지나가는 차에서 누군가 큰 소리로 손을 흔들며 인사를 건네주었다. 아까 새마을운동 테마공원에서 인사를 나눴던 구독자분이었다. 어찌나 반가운지. 이렇게까지 반겨 주니 몸 둘 바 모를 정도로 감사했다.

우리는 금오산에서 케이블카를 마지막으로 여행을 마무리 짓기로 했다. 선선한 바람을 느끼며 금오산으로 향하는 길을 따라 달렸다. 커다란 저수지가 펼쳐졌다. 금오산저수지이다. 오색 단풍과 함께 펼쳐진 저수지의 풍경이 내 마음에 훅 하고 들어왔다. '말로만 듣던 금오산을 다 와 보다니.' 왼편의 금오랜드를 지나 케이블카 주차장에 도착했다. 주차장부터 케이블카까지는 100m 정도 걸어가야 했다. 우리는 다소 무거운 워커를 신고도 바삐 걸음을 옮겼다. 역시나 아빠는 힘든 기색 없이 길을 올랐고 나는 한참이나 뒤처졌다. 그렇게 숲길을 지나니 케이블카 타는 곳이 나타났다.

설악 케이블카 이후로 국내에서 타는 두 번째 케이블카였다. 금오산 케이블카는 1974년에 개통되어 제법 최근에 생긴 설악 케이블카와 비교했을 때 시설은 조금 낙후된 느낌이 없지 않아 있지만, 오히려 정겹다고 생각했다. 일본 여행 때 마주했던 전차와 비슷한 느낌이었다.

우리는 그렇게 케이블카에 몸을 싣고 금오산 정상을 올랐다. 금오산의 풍경은 아직 단풍이 완연하지 않았지만, 설악산과는 또 다른 절경이었다. 정상에 도착하니 해운사라는 절이 있었고 대혜폭포, 도선굴 등 다양한 경로가 표시되어 있었다. 검색해 보고 대혜폭포가 멋져 꼭 가 보고 싶었는데, 시간 여유가 없어 우리는 해운사를 둘러보기로 했다.

많은 등산객이 앉아 편히 쉬었다 가듯 우리도 사찰의 한 편에 앉아 오늘의 첫 휴식을 즐겼다. 수다사와는 또 다른 고즈넉한 해운사. 이곳에도 달마석상이 있었다. 고개를 올려 산을 바라보니 암석으로 이루어진 산의 풍경이 또 멋졌다. 아빠와 고개를 두리번거리며 금오산의 풍경을 가득 담은 채로 이번 여행을 마무리 지어봤다.

　　돌아가는 길 내내 날씨가 니무 좋았다. 해가 지면 추위진 걸 알기 때문에 우리는 최대한 입을 수 있는 옷들을 잔뜩 껴입고 다시 원주로 향했다. 해가 산 뒤로 숨을 듯 말 듯 노란 들판을 비추었다. 이미 구경한 길이지만, 다시 돌아가는 길의 풍경은 또 색달랐다. 문경에서 인상 깊었던 산의 모습이 반대편에서 바라보니 더욱 멋지다. 삐죽삐죽 솟은 고깔 모양의 산. 이 봉우리의 이름이 실제로 꼬깔봉인 걸 알고 얼마나 재밌던지.

　　온전히 장거리를 여행하여 1박 2일을 보낸 건 아빠와 처음이었기 때문에 아빠와의 정이 더 두둑해진 기분이 들었다. 이번 구미 여행을 하면서 '국내에 내가 모르는 좋은 곳들이 많구나'라는 걸 새삼 알아 간다.

기회가 되면 전국 일주를 꼭 해 보고 싶어졌다. 이번 여행도 아빠와의 새로운 추억을 가득 담을 수 있어 참 행복한 시간이었다. 아빠도 생각지도 않던 곳을 즐겁게 여행할 수 있어 너무 행복했다고 했다.

두 바퀴에 행복을 싣고 우리는 오늘도 내일도 달린다.

4장 전국 일주

출발 전

나에게 가장 아름다운 계절을 말하라고 하면 5월이라 대답할 수
있다. 기분 좋은 산들바람과 함께 춥지도, 덥지도 않은 적당한
기온의 계절. 그리고 그 속에 푸르름이 하나둘씩 돋아나는, 무
어라 단정 짓기 애매한 5월이 좋다. 나의 청춘은 그런 5월을 닮
았다고 생각했다.

세상이 정의하는 성공이란 기준에서 나는 애매한 선상에 있
었다. 나의 세상은 이미 푸름으로 가득했지만, 미적지근한 현실
에서 도피하고 싶다는 갈증은 좀처럼 해소되질 않았다. 그냥 덥
지도 춥지도 않게 나만의 적당한 온도로 살아가는 것도 나쁘지
않은데 뭐가 그리 조급한지. 한해가 지날수록 뜨거웠던 마음이
식어감을 느낀다. 부푼 마음으로 새로운 것에 도전한다거나 무
모한 도전을 계획하며 설레는 마음으로 꼬박 밤새던 나 자신이
그리워졌다. 바쁜 현실을 핑계로 진득하게 여행 한번 다녀온 게
언젠지도 까마득하다.

어느 날 밤 나는 주머니 속에 꼬깃꼬깃하게 접어 두었던 나
의 소망을 하나둘씩 펼쳐 봤다. 코로나 때문에 미뤄 뒀던 해외여
행, 늘 꿈만 꾸던 바이크 전국 일주, 재밌을 것 같아서 시작한 사
업을 더 키워 보기, 올해는 꼭 앨범 내기 등. 나름대로 고이고이
접어 둔 버킷리스트가 주머니 속에서 반짝이고 있었다.

그중 반드시 5월에 하고 싶었던 일이 있었다. 몇 해 전부터 바이크로 일본 여행하기, 그리고 푸른 5월에 섬진강 변을 따라 라이딩하거나 전국을 일주해 보고 싶었다. 올해는 꼭 하겠다고 마음먹었는데, 생각만 하다 보니 벌써 5월 중순이 다 되어 가고 있었다. 나는 더 이상 미루지 않기로 했다. 먼저 유튜브와 SNS에 투표를 진행했다.

① 일본 도쿄-시즈오카 투어

② 일본 숨겨진 소도시 투어

③ 일본 시코쿠 우동 투어

④ 국내 전국 일주

나는 당연히 일본 투어의 투표율이 높을 거라고 생각했다. 많은 사람이 안 가 본 곳이고, 색다른 풍경을 기대하는 분이 있을 거라고 예측했다. 하지만 투표 결과는 예상 밖이었다. 두 플랫폼의 투표율은 국내 여행이 가장 높았다. 댓글에서 많은 분이 전국 일주가 꿈이라고 했다. 사실 일본 여행이 1등을 할 것 같아 마음속으로는 일본 여행을 계획하고 있었는데, 전국 일주가 1등이라니. 오히려 잘됐다고 생각했다. 큰맘 먹고 떠나지 않으면 안 되는 전국 일주였기 때문에 이렇게 된 거 기회라고 생각했다.

전국 일주. 지도를 따라 한 바퀴 돌면 되는 쉬운 일이라고 생각했지만, 막상 구상하려고 하니 가고 싶은 곳 그리고 못 가 본 곳이 참 많았다. 가 봤던 여행지는 제외한 뒤 못 가 본 곳 위주로 루트를 정해 보기 시작했다. 강원도 동해안 7번 국도를 제외하니 서해안부터 전라남도까지 내려갔다가 제주도, 그리고 다시 거제도 및 포항을 갔다가 경상북도 및 강원도로 한 바퀴 돌면 될 것 같았다. 대략 1,600km의 여정이며, 나에게 주어진 시간은 일주일이었다. 과연 해낼 수 있을까?

이번 여행은 나의 새 바이크 트라이엄프 스트리트 트윈Street Twin과 함께하게 되었다. 이 바이크 역시 이름을 지었는데, 요들이다. 바이크를 사러 가면서 요들송을 신나게 불렀는데 그때의 즐거움을 잊고 싶지 않아 요들이라는 이름을 짓게 된 거였다. 부산도 함께 다녀와 준 친구였기에 이번에도 나와 환상의 호흡일 거라 믿어 의심치 않았다.

숙소는 그때그때 잡는 걸로 정하고 간단하게 짐을 챙겼다. 드론, 카메라 등 각종 촬영 장비와 충전기, 그리고 옷가지와 슬리퍼, 로션 빛 생활용품 등이 있다. 일주하는 동안 비는 오지 않는다고 되어 있어서 우비는 상의만 챙겼다. 많은 짐을 챙겨야 할 것 같았는데 막상 챙긴 짐은 간소했다. 뭔가 빠트린 것 같은 기분이었지만 몇 번을 다시 확인해도 필요한 건 다 챙긴 듯싶었다.

이번 여행은 새 헬멧을 쓰고 가기로 해서 액션캠 장착을 다시 해야 했는데, 이 부분에서 조금 애를 먹었다. 새로 구매한 카메라의 무게가 기존보다 무거워서 헬멧에서 자꾸 떨어지는 것이었다. 카메라가 자꾸 떨어지는 바람에 제시간에 출발하지 못했다.

첫째 날

여행 당일이 왔다. 계획대로라면 아침 9시에 출발하는 거였다. 4시간을 달려 1시쯤 도착하면 여유 있게 점심을 먹고 여행지를 둘러볼 예정이었다. 하지만 카메라 설치 문제로 12시가 넘어서 출발하게 되었다. 마음이 초조해지기 시작했다. 아빠도 함께 떠나면 좋겠지만, 집을 며칠씩 비우는 상황이 오면 강아지 아쭈를 돌봐 줄 사람이 없었다. 하루 이틀 정도야 친오빠 집에 맡길 수 있지만, 일주일의 시간 동안 맡기는 건 미안한 일이었다. 더군다나 오빠는 회사에 가야 하므로 아쭈가 낯선 집에 혼자 있는 시간이 길 거 같았다.

한 달 전에 아빠는 캠핑카를 빌려 먼저 전국 일주를 다녀왔기 때문에, 이번 여행은 혼자 다녀오기로 했다. 좋은 추억을 같이 남기면 좋았으련만 아쉬움이 컸다. 그 대신 아빠는 배웅을 나와, 멀지 않은 곳까지 함께 바이크를 타고 이동했다. 살짝 구름이 낀 날씨였음에도 벌써 한여름 같았다. 안전한 라이딩을 위해 보호대가 장착된 바지와 자켓이 그 더위를 더해 주고 있었다. 원주 시내를 지나 외곽까지 20분쯤 달렸을 때 우리는 갓길에 나란히 바이크를 주차한 후 마지막 인사를 나눴다.

"딸내미 전국 일주 잘 다녀오길 바랍니다."

"잘 갔다 올게요."

그러면서 재킷 안쪽 주머니에서 무언갈 주섬주섬 꺼냈다. 웬 하얀 봉투. 아빠는 무사 귀환을 기원한다며 용돈이 든 봉투를 건넸다.

"여행 라이딩 경비 지원이 있겠습니다. 자, 금일봉입니다."

"우와, 감사히 잘 쓸게요."

"화이팅 한번 하고."

"화이팅! 아자, 아자!"

너무 감사했다. 우리는 그 어느 때보다 애틋한 포옹을 나누며 화이팅을 외쳤다. 든든했다. 평소에 용돈도 넉넉히 못 드리는데 과연 이 돈을 받아도 되는지 고민이 되었지만, 아빠의 진심이 느껴져서 받아 두기로 했다. 아빠는 다시 길을 돌아 집으로 갔고, 나는 본격적인 투어를 시작했다.

강변을 따라 노란 코스모스가 가득 펼쳐졌다. 아빠가 말하길 이 꽃 이름이 금계국이라고 했다. 바람에 살랑살랑 춤을 추는 금계국을 보니 기분이 좋아졌다. 나는 바이크를 멈춰 잠시 금계국과 사진을 찍었다. 그러던 찰나 한 승용차가 내 앞에 멈췄다. 친구의 어머니와 친구의 동생이었다.

"다람! 어디 가는 거야. 지나가고 있는데 성주가 다람이 누나라고 해서 깜짝 놀라서 와 봤어."

"어머니! 잘 지내셨어요? 저 전국 일주 가려고 해요."

"오토바이 타고 가는 거야?"

"네."

"조심히 운전해야 해. 오토바이 타고 어떻게 전국 일주를 하냐."

"그러니까요. 막막하긴 한데 그래도 잘 해내야죠."

"그래. 항상 조심히 운전하고. 알겠지?"

"감사합니다. 이렇게 멈춰서 인사까지 해 주시고 너무 감사해요."

친구의 동생이 나의 유튜브를 즐겨 본다고 했는데, 그래서 나를 한눈에 알아봤다고 한다. 예상하지 못한 만남과 덕담에 얼떨떨하면서도 여행 시작부터 이렇게 응원받으니, 힘이 솟아났다. 그렇게 친구 어머니와 동생이 떠난 후 다시 출발하려고 하는데 아침에 말썽을 일으켰던 카메라가 말썽이었다. 날씨가 덥다 보니 접착테이프가 열에 녹아 부착되질 않았다. 아침에 그렇게나 씨름했는데 얼마 가지 못해 또 같은 문제를 일으키니, 이제는 이 상황에 멍해졌다. 뜨거운 더위 속에서 반복되는 문제로 '여행을 하루 늦춰야 하나?' 하는 생각이 머릿속을 채우기 시작했다. 잠시 길가에 앉아 스스로를 다독였다. '시작했으면 끝을 봐야지.' 받았던 응원을 하나둘씩 되새기며 다시금 힘내 보기로 했다. 자리를 털고 근처 카페에서 카메라를 다시 한번 손보기로 했다.

원주시 부론면에 있는 작은 카페에 들렀다. 바이크 한 대가 조용한 시골 마을에 멈추니 어르신들의 시선이 죄다 내게 쏠렸다. 먼저 카페에서 가장 시원한 메뉴를 추천받았다. 청포도에이드를 한잔하며 카메라를 손보기 시작했다. 혹시 모를 상황에 대비하여 각종 테이프와 가위 등을 챙겨 왔는데, 참 다행이었다. 나는 최대한 카메라가 떨어지지 않도록 겹겹이 테이핑했다. 모양새가 다소 우스꽝스럽긴 했지만 이대로라면 절대 떨어질 일이 없을 것 같았다.

헬멧을 이리저리 흔들어 보니 고정이 잘된 듯했다. 카페 사장님께서는 이런 내 모습을 보고 말을 건네셨다.

"어디서 오신 거예요?"

"저 원주에서 왔어요. 원주에서 출발해서 이제 전국 일주 가려던 참이었어요."

"전국 일주요? 와, 바이크로요? 대단하시네요."

"저도 처음 도전하는 건데, 카메라가 말썽이어서 시간이 많이 늦어졌어요."

"멋지네요. 꼭 성공하길 바랄게요. 얼음 컵에 얼음물이라도 담아 드릴까요?"

"아니에요. 감사해요. 얼음 컵을 가지고 갈 곳이 없어서요. 너무 감사해요."

사장님께선 뭐 하나라도 더 챙겨 주려고 이것저것 여쭤보셨다. 비록 카메라 문제로 우연히 들렀던 카페였지만, 길 위에서의 소중한 인연을 만나게 된 것 같아 마음이 따스해졌다. 시계를 보니 벌써 1시간이 지나 있었다. 감사의 말을 전하고 다시 길을 나서려던 순간, 사장님께서 내게 달려오셨다.

"도움이 될진 모르겠지만 이거라도 챙겨 가요."

환한 미소와 함께 차갑게 얼린 초코쿠키 두 개를 건네주셨다. 감동이었다. 오늘 처음 뵈었는데 이것저것 마음 써 주시는 모습에, 내가 계속해서 달려야 하는 이유를 상기하며 초심을 되찾고 출발할 수 있었다. 이번 여정은 바이크를 즐기기 위함도 있지만, 새로운 인연을 만나길 바라는 마음도 있다. 그런데 이렇게 빨리 소중한 인연을 마주하니, 지쳤던 마음이 설레기 시작했다. 바이크에 다시 시동을 걸고 길을 나섰다. 이제야 조금 여유가 생기는 것 같았다. 평일이라 차량 통행이 많지 않은 뻥 뚫린 길에서 스로틀을 감아 제법 속도도 내 본다. 시원한 바람에 더위를 씻으니 기분이 상쾌했다. 요들이의 경쾌한 배기음과 부드러운 엔진 필링이 기분 좋음을 더해 줬다.

그렇게 안성쯤 달렸을 때, 허기지기 시작했다. 시간은 오후 4시가 다 되어 갔다. 이때까지 음료 빼고 아무것도 먹은 게 없었기 때문에 잠시 쉴 겸 중간에 보이는 중국 음식점에 들르기로 했다. 왠지 불이 꺼져 있는 듯해 보였는데, 역시나 하필 정기휴일. 호락호락하지 않다. 바닥에 털썩 주저앉아 허탈한 웃음을 지어 보였다. 출발한 지 4시간 만에 벌써 두 번째 시련이라니. '오는 길에 마땅한 식당을 찾지 못해 겨우 들어온 곳이었는데⋯' 지도 앱을 켜서 주변 식당을 검색해 봤지만, 온통 허허벌판에 직선 도로만 있을 뿐이다. 그러던 중 문득 머리를 스친 곳이 있었다. 꽤 오래전 예술대학 시험을 치러 온 날 먹었던 외딴길에 있는 중국 음식점이다. '아, 그래. 그때 큰 시험을 앞두고 먹었던 학교 앞 중국 음식이 큰 힘이 되었지. 거기에 가 봐야겠다.'

전국 일주 중인 지금, 다시 그곳에 가서 식사하게 된다면 생각지도 못한 곳에서 또 큰 힘을 얻을 수 있을 것만 같았다. 스무 살 때의 떨리던 그 감정을 느껴 볼 수 있지 않을까. 학교 앞까지는 바이크로 10분 정도로 그렇게 멀지 않은 곳에 있었기 때문에 다시 힘을 내 이동해 보기로 했다. 제법 익숙한 길이 나오기 시작했다. '부디 식당이 열었으면…'. 학교 앞에 다다르자, 추억이 하나둘씩 떠올랐다. '여기 음식점이 맛있었는데', '친구가 살던 원룸이네', '이 마을에 바람을 쐬러 종종 오곤 했는데'. 학교 앞엔 학생이 많았다. 그 학생들의 모습에 나의 학생 시절 모습이 겹쳐 보였다.

꿈을 좇던 빛나는 시절. 지금 와서 생각하니 빛났던 시절이지, 그 당시엔 왜인지 모르게 마음이 공허하고 불안정했다. 그래서 학생들을 보며 반갑기도 했지만, 고민으로 하루하루 보내고 있을 거라 생각하니 마음 한편이 짠했다. 예술대학이다 보니 창작에 대한 고통을 잘 알고 있었기 때문이다. 저 친구들도 훗날 지금 보내는 시간이 얼마나 빛나던 순간임을 알게 되는 날이 오겠지. 이런저런 감회에 젖어 식당으로 이동했다. 다행히 가게 안에 불이 켜져 있는 걸 보니 운영하는 것 같았다.

학교 실기 시험 때 부모님과 함께 들렀던 식당이다. 아직 변함없는 모습이 반가웠다. 짜장면 한 그릇을 시켜 창밖을 바라보며 허기를 달랬다. 날이 밝았을 때 목적지에 도착했으면 했

지만 이미 늦어 버렸다. 벌써 해가 뉘엿뉘엿 지고 있었다. 중간 중간 휴식은 꼭 하면서 라이딩하고 있었기 때문에 밤이나 돼야 첫 번째 목적지인 태안에 도착할 수 있을 것 같았다. 나는 서둘러 이동했다.

안성을 지나 천안쯤 도착했을 때 휴식 시간을 가졌다. 한 농협 주차장에 바이크를 세워 두고 낡은 의자에 앉아 논밭이 펼쳐진 풍경을 바라보며 사색에 잠겼다. 하늘에 먹구름이 끼기 시작하더니 갑자기 비가 내렸다. 나는 내리는 비를 고스란히 맞았다.

나는 비 맞는 걸 좋아한다. 모두 비를 피하기 위해 우산을 쓰지만, 그 경계를 허무는 순간의 자유가 좋다. 그렇게 비를 맞으며 비 오는 풍경을 카메라에 담기 시작했다. 옷이 반쯤 젖어 갈 때쯤 바이크와 함께 농협 창고 위로 빼꼼 나온 지붕 아래에 앉아 마저 휴식 시간을 가졌다. 비는 그칠 줄 모르고 더 세차게 내렸다. 여행을 떠날 때마다 간과하는 게 있다. 날씨는 언제든 바뀔 수 있으며 일기 예보를 100% 믿어서는 안 된다는 거다. '많은 짐을 챙기기 귀찮아'라는 것도 적잖아 있었지만, 이번에도 결국 상의만을 사수한 채 하의는 비에 젖어 버렸다. '뭐, 세탁해서 말리면 되니까.'

지도를 보니 삽교호를 지날 것 같았다. 삽교호는 많은 라이더가 모이는 곳이다. 충남권에서 양평 만남의광장 같은 곳이 서쪽의 삽교호다. 삽교호에 다다를 때쯤 눈앞에 커다란 노을이 구름과 함께 펼쳐졌다. 비현실적으로 커다란 태양이 달리는 내내 눈앞에 선명했는데, 서쪽으로의 라이딩은 처음이었기 때문에 해가 지는 풍경을 정면으로 보는 건 처음이었다. 환호성이 끝없이 나왔다. 말로 표현할 수 없을 정도의 신비함이 느껴졌다.

　　노을빛이 가득한 하늘, 비 온 뒤의 신기루 같은 구름의 형상. 이 모든 게 나를 다른 세상으로 이끌어 가는 듯했다. 그 풍경에 매료되어 달리다 보니 어느새 삽교호가 코앞에 다가왔다. 삽교호에 들를 계획은 없었지만 나는 이끌리듯 핸들을 꺾었다. 바다와 이어진 삽교호의 풍경과 저 멀리 알록달록 빛내며 돌아가는 관람차의 풍경이 인상 깊었다. 아마도 삽교호에 놀이동산이 있는 것 같았다. 관람차가 보였다. 문득 많은 라이더가 관람차를 배경으로 사진 찍은 걸 봤던 게 떠올랐다. 나는 핸드폰으로 사진 장소를 검색해 보았다.

　　관람차 주변에 논밭 길이 있었는데 멀지 않은 곳이어서 그곳으로 이동했다. 한 3분 정도 이동했을까, 논밭 사이에 커다란 관람차가 빙글빙글 돌아가고 있었다. 논밭과 관람차라니, 쉽게 매치되지 않는 것들이 만나니 새로웠다.

나는 논밭 사이에 난 길 위에 바이크를 잠시 세웠다. 이곳에 사는 주민들은 매일 이 길을 지나갈 텐데 자주 마주하는 풍경이라 감흥이 없을 수도 있겠지만 내가 느끼기엔 동화에서나 나올 법한 장면 같았다. 사진을 수십 장 찍고 좁은 길 위를 바이크를 타고 몇 번이나 왔다 갔다 해 본다. 우연히 들른 곳 치곤 꽤 근사한 추억을 남긴 것 같아 뿌듯했다.

여행은 계획대로 되지 않을 때, 우연을 가장하여 멋진 선물을 선사한다. 그게 풍경이든 사람이든 말이다. 우리의 청춘도 계획대로 되지 않는다고 해서 불평할 필요 없다. 막다른 길에서 새로운 기회와 또 다른 행복을 얻을 수 있다. 이렇게 또 예상치 못한 곳에서 새로운 깨달음을 얻는다.

어느새 완연한 어둠이 내렸다. 더욱 반짝이는 관람차를 뒤로한 채 다시 길 위에 올랐다. 목적지인 태안 학암포해수욕장까지 대략 1시간 30분이 남았다. 분명 학암포까지는 4시간이 걸린다고 했고 12시에 출발 했으니 오후 4시면 도착했어야 했다. 하지만 시계를 보니 벌써 8시가 다 되었다. 10시나 돼야 목적지에 도착할 것 같았다. 중간에 휴식을 충분히 하고 온 탓도 있었다. 그래도 내일에 대한 걱정이 없어서 좋았다. 드디어 어둠 속을 뚫고 태안에 들어섰다. 학암포해수욕장은 태안에서도 가장 끝쪽에 있었다. 라이딩이 지칠 때쯤 혼자 흥얼거리는 노래가 있다.

존 덴버의 「Take Me Home, Country Road」. 아주 오래 전부터 라이딩에 지칠 때면 이 노래를 흥얼거렸는데, 어느새 습관처럼 나왔다. 집으로 가자는 가사 때문인가. 어디든 도착하길 바라는 마음에서 흥얼거리게 된 것 같다. 노래를 부르다 보면 시간이 빠르게 흘러간다. 어느새 학암포해수욕장에 도착했는데, 소박한 해변을 가진 곳이었다.

어두워서 제대로 풍경을 감상할 수는 없었지만 분명 내일 아침이면 멋진 모습을 보여 줄 거라고 확신했다. 이번 여행에서는 최대한 경비를 아끼기로 했다. 숙소는 5만 원 내외로 잡을 예정이었다. 앱을 켜고 근처 숙소 중 저렴한 곳을 찾아봤다. 다행히 괜찮은 숙소가 있었다. 해변 바로 앞에 위치해 아침이면 창밖으로 바다도 마주할 수 있는 숙소였다.

늦은 시간이라 최대한 조용히 숙소에 들어섰다. 짐은 대충 풀어 두고 근처 편의점에서 맥주 한 캔과 간식거리를 사 왔다. 이번 여행 내내 맥주와 함께 잠을 이루게 될 것 같았다. 오늘 하루가 어떻게 시작되었는지 되돌아봤다. 촬영한 영상을 노트북으로 옮겨 하나씩 찬찬히 살펴보니 참 많은 일이 있었다. 이곳까지 무사히 도착한 게 스스로 대견했다. 내일은 또 어떤 일이 일어날까? 오랜만에 걱정 아닌 기대로 잠드는 밤이다. 앞으로 6일간 이런 밤을 마주할 생각을 하니 마음이 벅차올랐다. 그렇게 나는 맥주 한 캔의 힘을 빌려 스르르 잠이 들어 버렸다.

둘째 날

둘째 날이 밝았다. 알람을 8시에 맞췄는데 예상한 대로 10시가 되어 일어났다. 최근 불규칙한 생활로 잠을 3~4시간밖에 못 잤더니 잠이 많이 부족했다. 그렇다고 시간에 쫓겨 여행하고 싶진 않았다. 평소였다면 제시간에 일어나지 못해 해야 할 일을 놓치니 거기서부터 오는 스트레스에 시달려야 했지만, 이번 여행의 목적은 그게 아니었다.

최대한 현재를 즐기고 일상을 놓아 버리는 거다. 그리고 그 빈 공간을 새로운 것들로 채우고 싶다. 퇴실 시간이 11시였기 때문에 곧장 나갈 준비를 했다. 늦게 하루를 시작한 만큼 오늘의 여정이 늦게까지 이어질 테지만, 서두르지 않기로 했다.

드디어 밝은 날의 학암포를 마주했다. 밤에 본 것처럼 소박한 학암포의 해변. 그리고 그 뒤에 공장의 굴뚝이 줄지어 있어 이색적인 풍경이었다. 서해는 갯벌로 인해 바닷물의 색이 탁할 줄 알았는데, 강원도 고성에서 마주했던 투명한 바다색과 같았다. 흔히 서해보다는 동해나 남해가 좋다고 해서 편견이 있었던 것 같다. 오늘 그 편견은 허물어졌다. 인적도 드물어 잔잔하고 고요한 해변을 거닐며 아침을 시작한다.

어제 태안쯤 들어섰을 때 바이크 사이드 미러의 나사가 풀려 제멋대로 움직이는 걸 겨우 핸드폰 충전 선으로 묶어 달려왔는데, 오늘 처음 해야 할 일은 근처 센터를 찾아 수리하는 일이었다. 20분 거리에 센터가 있어 먼저 들러보기로 했다. 그전에 마지막으로 학암포를 한 바퀴 돌아 나가기로 했다. 더 너른 해변이 있었고, 이곳이 학암포해수욕장임을 알게 되었다. 소분점도라는 작은 섬도 있어 풍경을 감상하며 달리는 재미가 있었다. 그렇게 돌아 나가던 중에 해변에 작은 캠핑카가 있었다.

자세히 보니 커피를 판매하고 있는 캠핑카 카페였다. 왠지 낭만적이었다. 이곳에서 커피를 마시고 가지 않으면 후회할 것 같았다. 가던 길을 멈추고 카페로 향했다. 바이크를 주차해 두고 카페로 다가가니 어르신 두 분이 낚시하고 계셨다. 처음엔 두 분 중에 카페 주인이 있는 줄 몰랐다. 너무 편한 차림이라, 누가 봐도 이곳에 낚시나 여행을 온 것 같았다. 한 분이 나를 보며 물으셨다.

"여자분이세요?"

"네."

"우와!"

엄지손가락을 치켜 세워 주신다.

"이따 나랑 같이 기타 치고 놀면 되겠다."

말이 끝나고 커다란 낚싯대를 바다에 던지신다. 옆에 있던 친구분은 방금 말을 건 어르신이 가수라고 하셨다. 음악이 있는 캠핑카 카페라니. 낭만적이었다. 나도 음악을 전공했던 사람으로서 호기심이 생겼다. 대화를 나눠 보니 가수라는 분이 캠핑카 카페 사장님이셨다. 처음 만난 사이였지만, 너무나 친근하게 말을 걸어 주셔서 나 또한 스스럼없이 대화를 나눌 수 있었다. 어르신의 넉살에 이끌리듯 캠핑카로 향했다. 캠핑카는 아기자기한 풍선으로 꾸며져 있었다. 그리고 가장 눈에 띄었던 건 통기타 한 대였는데, 떡하니 중간에 자리 잡고 있었다. 사장님은 자리에 앉더니 주문받으실 생각은 하지 않고 기타를 잡고 앉아 연주하기 시작했다.

낚시하기 위해 펼쳐 놓은 작은 의자에 기타를 들고 앉으셨다. 그 자체로 하나의 멋진 풍경이 되었다. 어떤 노래를 불러 주면 되냐는 질문에 직접 만드신 노래, 혹은 청춘에 관한 노래를 들려달라고 말씀드렸는데 주저함 없이 바로 근사한 무대가 펼쳐졌다.

김광석 선생님의 「혼자 남은 밤」이라는 곡이었다. 파도 소리와 새소리가 하모니를 이루어 펼쳐진 환상의 무대였다. 그 어떤 공연보다 깊은 울림이 있었다. 흔히 말해 '귀가 호강한다'는 말이 이런 거겠구나 했다. 이렇게 좋은 추억과 순간을 공유해 주심에 너무 감사했다. 그래서 커피 한 잔씩 대접해 드리고 싶었다. 사장님께서 말씀하셨다.

"커피는 맨날 마셔서 지겨워. 담배 한 갑이면 좋지."

이곳에 오래 머물 예정이라고 하셔서 다음에 찾아뵙게 되면 꼭 담배를 사다 드려야겠다고 생각했다. 나는 친구분의 커피와 함께 내가 마실 아이스 초코를 주문했다. 커피를 만드실 때, 사장님의 사연을 조심스레 여쭤보기로 했다.

"여기서 생활한 지는 몇 년 되셨어요?"

"여기는 올해 처음 왔어요. 난 여기서 독거노인 모금을 자주 해요. 지역 사람을 많이 알아서."

"캠핑카에서 생활하시는 거예요?"

"응."

"와 너무 낭만적이시다."

"배고파. 힘들어."

"제가 꿈꾸던 낭만인데. 진짜 이런 게 청춘 아닐까요?"

"이러려고 다니는 건데 뭐. 혼자서 여행하고 커피 팔고 용돈 벌고."

캠핑카에서 잠자며 커피를 판매하고 이곳저곳으로 유랑하시는 것 같았다. 낚싯대도 던져 보며 소중한 시간을 보냈다. 노랫말에 나의 이름도 넣어 불러 주셨는데, 그 노래가 이번 여행의 주제가가 될 것 같았다.

"다람이의 웃는 모습은, 활짝 핀 목련꽃 같아."

여행 내내 이 노래를 떠올리며 웃음 지을 것 같았다.

이제 헤어져야 할 시간이었다. 10월쯤 이곳에서 노을 축제를 하니 와서 모닥불도 피우고 캠핑도 하고 노래도 부르면서 함께 놀자고 해 주셨다. 선뜻 먼저 제안해 주심에 감사했다. 10월에 학암포에 한 번 더 여행을 와야겠다고 생각했다. 아쉬운 인사를 나누고 다시 출발 준비를 했다. 늘 하는 말이지만 여행길은 예상하지 못한 곳에서 이렇게 아름다운 선물을 받곤 한다. 센터로 가는 길 내내 노래를 흥얼거려 본다.

"다람이의 웃는 모습은, 활짝 핀 목련꽃 같아."

참 설레는 노랫말이다. 내가 짓는 웃음에 대해 깊이 생각해 본 적이 있던가. 나의 웃는 모습은 어떤 모습일까. 괜히 사이드 미러를 보고 살며시 웃음 지어 본다.

학암포에서 약 15분 거리에 오토바이 센터가 있었다. 작은 면 소재지 시내의 모습이 정겹다. 혹시 모를 상황에 대비해 타이어 펑크 키트와 에어펌프는 챙겨 왔지만 공구 키트를 챙기지 못했다. 센터에 도착하여 센터 사장님께 문제점에 대해 말씀드리니 금방 고쳐 주신다. 나사만 조이면 되는 문제였기 때문에 간단하게 해결됐다.

"감사합니다. 비용이 얼마예요?"

"5만 원."

"하하하."

사장님께서는 장난 가득한 웃음으로 5만 원을 부르면서 비용은 괜찮다고 하셨다. 사장님의 장난이 너무 재미있었다.

"어디로 가시나요?"

"강원도 원주에서 와서 전국 일수하고 있어요. 어제 태안부터 시작해서 이곳저곳 다녀보려고요. 사장님은 바이크 탄 지 오래되셨어요?"

"한 40년 됐죠."

사장님과 더 이야기를 나눠 보고 싶었는데, 곧바로 걸려 온 긴 통화 탓에 아쉬운 발걸음을 돌려야 했다. 오늘의 첫 목적지는 몽산포해수욕장부터 꽃지해수욕장까지 해안 도로를 따라 안면도를 달릴 예정이었다. 날씨가 많이 더웠다. 그래도 뭉게구름이 몽실몽실 피어오른 하늘이 참 예뻤다.

몽산포해수욕장에 다다랐는데 해안 도로가 없었다. 내가 잘못 찾아왔나 싶어 다시 청포대해수욕장으로 이동했다. 이곳 또한 해안 도로가 없었다. 지도를 보니 백사장포구부터 꽃지해수욕장까지의 코스가 해안 도로 코스였다. 하지만 청포대해수욕장의 풍경도 멋져 이곳에서 잠시 쉬었다 가기로 했다.

주차할 자리를 찾는 도중 강아지 한 마리가 눈에 들어왔는데, 오토바이 소리를 따라 이빨을 드러내며 계속해서 날 쫓아왔다. 나는 비명을 지르며 줄행랑을 쳤다. 간 떨어질 뻔했다는 표현이 딱 들어맞았다. 놀란 마음을 추스르고 나니, 이 상황이 웃겼다. 강아지의 환대에 주차한 뒤에도 한참을 웃었던 것 같다. 나무가 우거진 숲길 옆 갓길에 잠시 바이크를 주차했다. 헬멧을 벗으니 머리카락 사이사이 스며드는 바람에 기분이 좋았다. 잠시 화장실도 들르고 그 앞 벤치에 앉아 청포대해수욕장을 바라보며 휴식을 취했다.

풍경이 마음에 드는 곳을 만나면 휴식 시간이 길어진다. 시계를 보니 벌써 오후 4시. 오늘의 목적지는 사실 새만금방조제를 달려 군산 선유도에 들렀다가 목포까지의 여정이었다. 밤이 되도록 달려야 할 걸 알고 있었으나 생각보다 시간이 지체되어 꽃지해수욕장까지의 여정은 생략하기로 했다. 보령해저터널을 통과해서 가면 군산까지 금방 갈 수 있었지만, 이륜차는 통행이 불가하여 다시 태안을 통해 돌아 나가야 해서 시간이 배로 걸린다. 이유야 있겠지만 이륜차가 통행할 수 없는 곳이 많아 길을 돌고 돌아가야 할 때가 많다. 이럴 땐 왠지 모르게 억울하다.

얻는 게 있으면 잃는 것도 있는 법. 아쉽지만 군산으로 바로 향했다. 충청남도는 평야 지대이기 때문에 시 외곽으로 조금만 나와도 탁 트인 풍경을 마주할 수 있다. 푸른 평야와 함께 바다가 펼쳐진 길을 달린다. 서해안의 매력을 여기서 또 느낄 수 있었는데, 섬이 아주 가까이에 보여 길을 달리면서 코앞의 섬을 마주할 수 있다는 점이었다. 표지판을 보니 간월호철새탐조대가 보였다. 벼 이삭으로 인해 매년 11월에서 이듬해 3월까지 수십만 마리에 달하는 철새가 찾아오는 곳이라고 한다. 그렇게 서산을 지나 보령에서 잠시 음료를 마시며 휴식을 취한 뒤 부지런히 군산으로 향했다.

슬슬 해가 질 시간이 되어서 선유도에 도착하면 지는 해를 바라볼 수 있을 것 같았다. 말로만 들었던 새만금방조제. 삽교호만큼 많은 라이더가 찾는 곳이라고도 들었다.

바다 사이에 정말 끝없는 길이 펼쳐졌다. 길이가 33.9km라고 하는데 실제로 마주하니 그 길이가 실감이 났다. 하지만 이곳에서 바이크 사고가 종종 나기도 한다고 했다. 아무래도 차량 통행이 많지 않고 쭉 뻗은 도로이다 보니 속력을 내기 쉬워 그런 일이 발생하는 것 같았다.

　　나는 느긋하게 길을 달렸다. 예상대로 노을이 지고 있었다. 이 길을 따라가면 신시도, 선유도 등 작고 큰 섬이 있다고 하는데, 나는 그중에 선유도를 들러 볼 예정이었다. 노을빛에 일렁이는 파도를 따라 선유도로 향하는 길에 멋진 다리가 섬과 섬 사이를 이어 주고 있었다. 오늘 선유도에서 저녁을 먹고 목포로 향할 예정이었는데 선유도부터 대략 2~3시간을 더 달려야 하는 여정이다. 12시 전에 도착하려면 조금 부지런히 움직여야 했다.

　　선유도해수욕장에서 멍하니 지는 노을을 바라보니 하루하루가 저물어 가는 게 아쉽기만 하다. 첫날 느꼈던 것처럼 서해안의 노을은 특히나 아름답다. 종일 밥을 챙겨 먹지 않아서 배고픔이 밀려오기 시작했다. 여행하다 보면 끼니를 자주 거르게 된다. 왜인지 배고픔이 크게 느껴지지 않는다. 그래서 보통 늦은 저녁에 한 끼 정도만 먹게 되는데, 사실 평소에도 그렇다. 또한, 아침에 잠들어서 끼니를 늦게 챙겨 먹는 게 나의 패턴이 되었다. 고요한 새벽에 글을 쓰고, 음악을 만들고, 영상을 편집하는 일이 내겐 더 편하다. 이 시간에 작업하면 많은 생각을 여유 있게 정리할 수 있다.

선유도해수욕장 주변엔 횟집 몇 개와 치킨집, 그리고 국밥집이 있었는데, 간단하게 해결하고 길을 나서야 했기 때문에 국밥을 선택했다. 배만 채운다는 기분으로 밥을 서둘러 먹고 근처 편의점 의자에 앉아 다음 목적지를 고민하기 시작했다. 목포에 가는 이유가 완도로 가서 제주도에 가기 위함이었다. 처음 여행을 계획했을 때는 해안선을 따라 우리나라 지도를 그려가며 전국 일주를 진행해야겠다고 생각했는데, '즉흥적으로 여행해 보면 어떨까?'라는 생각이 문득 들었다. 정해지지 않은 곳을 가는 거다. 결과를 모르기에 과정에서 자주 흔들리는 청춘이 아름답듯, '뜻하지 않은 여정에서 뜻밖의 소중한 무언가를 얻을 수 있지 않을까'라는 생각에 비롯되었다. 즉흥적으로 유튜브 구독자, SNS 팔로워분께 나의 다음 목적지를 정해 달라고 요청해 보면 재밌을 것 같았다. 우선, 내가 전국 일주를 계획하면서 짰던 루트는 세 가지가 있었다.

① 태안 - 군산 - 부안 - 목포 - 완도 - 제주 - 사천 - 거제 - 포항 -
안동 - 정선
② 태안 - 군산 - 부안 - 목포 - 해남 - 보성 - 거제 - 포항 - 안동 - 정선
③ 태안 - 군산 - 부안 - 목포 - 보성 - 구례 - 하동 - 거제 - 포항 -
안동 - 정선

계획을 바탕으로 SNS에 실시간으로 투표해 보기로 했다. 기대됐다. 실시간으로 많은 분과 소통하면 함께 여행하는 기분이 들 것 같았다.

① 목포
② 보성녹차밭
③ 섬진강 변
④ 완도

30분을 휴식하며 투표 결과를 기다렸다. 실시간으로 진행되는 투표라 투표 현황을 계속해서 확인하는 재미에 시간이 가는 줄도 몰랐다. 나는 완도에 표가 몰릴 것이라고 예상했는데, 의외로 섬진강 변을 따라 라이딩하는 것이 1등을 달리고 있었다. 30분이 다 되어 가도 투표 결과에는 큰 변화가 없었고, 결국 섬진강 변 라이딩이 1등을 차지했다. 마음속으로 섬진강 변 라이딩이 1등을 하길 은근히 바라고 있었는지도 모른다. 꼭 가 보고 싶었던 곳이었지만, 6일간의 루트를 짜는 게 여간 어려운 일이 아니었기 때문에 다음으로 미뤄야 하나 고민이 많았던 곳이었다. 결과가 이렇게 나와 버렸으니, 가기로 한 목포에서 루트를 변경하여 전주에서 하루를 묵고 다음 날 지리산에 들러 섬진강 라이딩을 즐기기로 선택했다.

투표를 올리니 많은 분이 감사하게도 메시지로 근처 여행지들을 추천해 주셨는데, 그중 지리산 정령치라는 곳을 꼭 가 봐야겠다고 생각했다. 나는 출발 전 루트를 다시 한번 확인했다.

전주 - 남원 - 지리산 정령치 - 섬진강 변 라이딩 - (미정)

섬진강 변 라이딩 이후의 목적지는 내일 다시 실시간 SNS 투표를 통해 진행하면 재밌을 것 같았다. 이젠 정말 루트대로 하는 여행이 아닌 즉흥 전국 일주로 뒤바뀐 것. 여행이 더 흥미로워지기 시작했다. 전주까지는 대략 1시간 30분 거리로 가까웠다. 나는 그 자리에서 바로 숙소를 예약했고 그렇게 계획에도 없던 전주로 향하게 되었다.

처음 새만금방조제에 들어섰을 때 바이크 주유 등에 불이 들어와 걱정되었는데 근처에 주유소가 없어 마음이 편하지 않았다. 국밥집 사장님께 여쭤보니 선유도에는 주유소가 없고 다시 왔던 길을 돌아 새만금방조제 입구까지 가야 한다고 하셨다. 초조해지기 시작했다. 사방이 어둠인 이곳에서 바이크가 멈추면 손쓸 방법이 없었다.

남은 기름으로 갈 수 있는 km를 확인하니 대략 46km. 주유소까지는 27km. 최대한 연비 주행으로 달려 보기로 했다. 온 신경을 계기판에 두면서 달렸다. 그렇게 새만금방조제를 무사히 건너고, 다다른 첫 번째 주유소는 문을 닫았고, 멀지 않은 곳에 두 번째 주유소가 있었는데 두 번째 주유소마저 문을 닫으면 정말 큰일이었다.

그렇게 계속해서 연비 주행을 하며 무사히 두 번째 주유소에 도착할 수 있었다. 얼마나 가슴 졸이던 순간이었는지. 주유등에 불이 들어오면 바로 기름을 넣는 습관을 들여야겠다고 생각했다. 너무 안일했다. 최대한 채울 수 있을 만큼 기름을 가득 채웠다. 내 바이크 요들이에게도 미안해졌다. 배고팠을 텐데 나만 배를 채웠구나. 그렇게 다시 전주로 향했다. 사방이 어둠이었다. 하지만 시원한 바람에 기분이 좋아졌다.

앞서가던 차가 계속해서 늦게 가는 바람에 추월해서 달렸다. 하지만 그 차는 이내 나를 추월하여 쏜살같이 앞으로 나아간다. 그리곤 다시 사이가 좁혀졌을 때쯤 차창이 내려갔다. 순간 내가 실수한 게 있나 싶었다. 열린 창문으로 손을 내미신 후 손가락을 피셨다. 나는 순간 어두워서 안 좋은 의미를 전달하시는 줄 알았다. 조금 더 가까이에서 확인하니 엄지를 치켜 보이셨다. 그걸 본 내 반응은 '응? 어째서지?'였다.

이유가 어쨌든 이 어둠 속에서도 반갑게 인사해 주셔서 감사했고, 덕분에 무료한 라이딩 중 즐거움을 얻었다. 깜짝 이벤트 같은 순간이었다. 스쳐 지나갈 뿐이지만 이 또한 길 위에서 만난 소중한 인연이었다. 마음이 뭉클한 감정으로 가득 채워졌다. 500겁의 인연이 있어야 옷깃 정도 스칠 수 있다는 말을 어느 책에서 본 적이 있다. 무의미하게 스치는 인연은 없다는 의미였다. 이름도 모르지만, 마음에 두고두고 남을 사람이 되었다. 하루 종일 다양한 인연을 만나 좋은 추억을 남겼다. 움직이지 않으면 새로움도 없다. 집순이인 내가 여행을 하며 깨달은 거다.

비로소 11시가 되어서야 전주에 도착할 수 있었다. 먼저 코인세탁소에 들러 옷가지를 세탁했다. 여러 벌의 옷을 챙겨 오긴 했지만 라이딩할 때 편한 옷은 오늘 입은 옷이 최고였다. 이 시간에 세탁할 수 있는 곳이 있다니. 세상이 많이 변했다. 급변하는 세상이 마냥 좋지만은 않으나, 생활의 편리함에서 오는 변화는 늘 놀랍다.

오늘 밤도 빠지지 않고 맥주와 치킨으로 마무리해 봤다. 역시나 입맛이 없다. 여행에서 빠지면 안 되는 게 식도락인데, 왜인지 입맛은 좀처럼 기운을 차리지 못하고 있었다. 내일은 부디 입맛 또한 즐거웠으면….

셋째 날

셋째 날 아침. 역시나 미리 맞춰 둔 알람 시간이 무색하게 또 늦잠을 잤다. 이래도 되는 건가 싶었지만 어쩔 수 있나. 늦으면 늦는 대로 또 그에 맞는 새로운 경험과 풍경을 마주할 테니까 라는 일종의 자기합리화를 하며 하루를 시작했다.

오늘은 전주를 둘러보지 않고 바로 지리산으로 향할 예정이었다. 여행 내내 큰 말썽 없이 함께 달려 주고 있는 요들이를 보니 새삼 기특하다. 요들이의 잠을 깨워 길을 나섰다. 오늘의 날씨는 조금 흐림. 비가 온다는 예보가 있었는데, 제발 지리산에는 비가 오지 말았으면 했다. 전주는 길을 달리는 내내 이곳저곳에 전통적인 풍경이 가득했다. 마침 가는 길에 한옥마을이 보여 한 바퀴 돌아보기로 했다. 전주에서 유명한 국밥으로 하루를 깨우면 좋으련만, 아쉬운 대로 한옥마을이라도 둘러봐야 할 것 같았다. 한옥마을 방문은 이번이 두 번째였다.

전통가옥이 즐비한 한옥 거리는 참 매력적이다. 누구나 와서 한국의 멋을 즐기며 추억할 수 있는 장소가 있다는 점이 좋다고 생각했다. 전주의 랜드마크이기도 한 한옥마을은 평일 목요일인데도 관광객이 꽤 많았다. 다들 한복을 차려입고 길을 거니는 모습이 아름답다. 모녀가 함께 한복을 입고 거닐기도 했으며 아이들 또한 한복을 입고 해맑은 표정으로 뛰놀고 있었다. 그 모습이 어찌나 예쁘던지 혼잣말로 '너무 이쁘다!'라며 오히려 내가 더 신나 있었다.

그런 눈길이 느껴졌던 것일까. 한 아이가 나를 보고 고개를 숙이며 "안녕하세요!"라고 인사를 건넨다. 나 또한 반갑게 손을 흔들며 인사를 건넸다. 나는 낯선 사람. 게다가 오토바이를 타며 달리는, 어찌 보면 무서운 사람. 그런데도 아이는 방긋 웃는 얼굴로 먼저 인사를 건네주었다. 너무 고마웠다. 부디 앞으로 지금처럼 밝은 모습으로 건강하게 자라 주길 내심 바랐다. 하루의 시작이 좋다.

다시 길을 출발해 임실을 지날 무렵 저 멀리 비구름이 보이는 듯했다. 이어 남원에 들어섰을 때 빗방울이 헬멧 실드 위에 한두 방울씩 떨어지기 시작했다. 날씨 체크도 할 겸 작은 휴게소에 들렀다. 노적봉 휴게소. 외딴곳에 주유소와 함께 휴게소가 있었다. 따뜻한 차 한잔을 마시며 날씨를 체크해 본다. 눈앞의 산에 구름이 내려앉아 있었다. 저 산이 지리산이 아니길 바랐다. 여행 내내 SNS에 사진과 짧은 이야기를 공유해 왔는데, 노적봉휴게소에서의 모습을 업로드하니 몇 개의 메시지가 왔다. 현재 아래쪽 지방에는 비가 많이 오고 있다는 내용이었다. 지리산 부근에도 비가 올 거란 이야기를 듣고 망연자실했다. 구불구불한 산길을 지나 해발 1,172m까지 올라야 했기 때문에 혹여나 빗길에 위험한 상황이라도 생길까 봐 걱정되었다. 휴게소 앞

소파에 앉아 한동안 고민했다. '가야 하나, 말아야 하나, 내가 언제 또 지리산까지 올 수 있으려나….'

사실 고민할 필요도 없었다. 천재지변이 생기지 않는 이상 가기로 마음먹은 길은 가고 말 것이라는 걸 내 스스로가 잘 알고 있었다. 휴게소 바깥에 배치된 소파가 안락했다. 길을 다시 나서야 하는데 노곤노곤 졸음이 온다. 앞으로 긴장하며 라이딩해야 하기 때문에 충분한 휴식 시간을 가진 후 다시 출발할 채비를 했다. 정령치휴게소까지는 앞으로 40분 정도를 달리면 됐다.

드디어 지리산국립공원 표지판이 보이기 시작했고, 좁은 길로 빠지자마자 지리산의 풍경이 눈앞에 펼쳐졌다. 구름에 가려져 반쯤 보이는 푸른 산새와 그 산에 둘러싸인 작은 마을 주천면. 뭔가 신비로운 느낌이 가득한 곳이었다. 길을 오를수록 확연히 달라지는 풍경들. 산과 구름, 그리고 계곡. 이 풍경을 보고 누구라도 그냥 지나칠 수 없을 것이다.

나는 계곡 사이에 난 다리 위에 바이크를 잠시 세웠다. 고즈넉한 풍경과 졸졸졸 흐르는 계곡 소리, 지저귀는 새소리만이 이 정적을 채울 뿐이었다. 심호흡하니 머릿속이 시원해진다. 이곳에서 고민과 생각들은 사치였다. 오롯이 자연 속에 덩그러니 서서 나를 내려놓아 보았다.

이제 정말 지리산국립공원 초입에 들어섰다. 가을과 여름이 한데 내린 듯 빨간 단풍과 푸릇한 나무가 섞여 울창한 숲길을 만들어 주고 있었고, 그 길엔 요들이와 나뿐이었다. 다행히 비가 그쳐 나의 첫 지리산 라이딩을 만끽해 볼 수 있었다. 산을 오를수록 굽이진 길 왼편엔 깊은 골짜기가 아찔하게 펼쳐졌고 중간중간 나타난 계곡이 풍경을 더해 지리산의 정취를 한껏 느껴 볼 수 있었다. 챙겨 온 드론을 꺼내 지리산의 풍경을 담아 봤다. 항상 역할 수행을 완벽하게 해내는 드론이 장하여 이름을 '갸륵'이라고 지어 줬는데, 임무를 다하고 착륙하는 드론을 보고 있자면 왠지 모르게 짠한 감정이 든다. 갸륵이 덕분에 여행하면서 멋진 항공 사진(대상을 아래에 두고, 카메라를 높게 위치하도록 하여 찍는 사진)을 많이 남길 수 있었다.

그렇게 다시 길을 중간쯤 오르니 비가 내리기 시작했다. 정령치휴게소에서 바라보는 지리산의 풍경이 그렇게 멋지다고 했는데, 구름에 덮여 그 풍경을 보지 못하게 될 것 같았다. '부디 구름이 걷히길…' 챙겨 온 우비를 꺼내 입고 요들이와 함께 비를 맞으며 목적지를 향해 달렸다.

드디어 정령치휴게소에 도착했다. 휴게소는 문을 닫아 사람이라곤 나뿐이었다. 높은 곳으로 올라오니 비와 바람이 더 거세게 몰아쳤다. 내 예상대로 지리산은 구름에 쌓여 쉽게 그 모습을 보여 주지 않았다. 빈 주차장에 바이크를 세워 두고 표지판이 있는 곳으로 향했다. 정령치에서 바라봤을 때 볼 수 있는 지리산의 봉우리들이 표기되어 있었다. 총 11개의 봉우리를 바라볼 수 있다고 하는데 내 눈앞엔 그냥 희뿌연 세상뿐이었다. 바람결에 움직이는 구름 사이로 지리산이 보일 듯 말 듯했다. 여기까지 힘들게 왔는데 이대로 돌아가기 너무 아쉬웠다.

그래서 다음 목적지를 정하면서 구름이 걷히길 기다려 보기로 했다. 이번엔 SNS를 통한 투표가 아닌 동전 던지기로 목적지를 정하기로 했다. 거제도와 남해군 두 곳 다 너무 가고 싶었기 때문에 동전을 던져 앞면이 나오면 남해, 뒷면이 나오면 거제도에 가기로 했다.

이 순간을 기록하기 위해 카메라를 켜고 주머니에 있던 동전 500원을 꺼내 던졌다. 과연 결과는?

앞면. 남해였다. 예전에 남해를 한번 가 본 적이 있었는데 그때의 기억이 좋았기 때문에 한 번 더 가고 싶은 마음이 있었다. 사실 결과가 어떻든 다 좋았다. 영상 촬영을 마치고 재미로 동전을 몇 번씩이고 던져 봤지만, 결과는 모두 앞면이었다. 남해로 가게 될 운명이었나 보다. 목적지를 정하고 구름이 걷히고 있는지 확인하기 위해 다시 지리산을 바라봤다.

순간 내 눈을 의심했다. 멀리 알록달록 무지개가 피어오른 것이었다. 이게 웬일이람. 기다린 보람이 있었다. 아직 채 걷히지 않은 구름 사이로 마치 여기까지 오느라 고생했다고 위로라도 하듯 일곱 색깔 무지개가 선명히 그려져 있었다.

내가 풍경을 포기하고 바로 출발해 버렸다면 마주할 수 없었을 거였다. 오늘 아침 늦잠을 자고, 휴게소에서 긴 시간을 보내고, 동전을 던져 목적지를 선택해야 했던 이유가 이 무지개에 있는 것 같았다. 잠시 생각에 잠겼다. '인생이라는 여행에서 비바람이 몰아치는 까닭은 결국에 이런 찬란한 무지개를 보여 주기 위한 것이 아닐까.'

고생 끝 낙이었다. 그리고 점점 구름이 걷히더니 지리산이 보이기 시작했다. 선명하게 보이는 건 아니었지만 충분했다. 마침 몇몇 사람이 적당한 타이밍에 정령치에 방문했다. 다들 빗속을 뚫고 달려와 바라본 무지개에 나처럼 천진난만한 미소를 지으며 기념사진을 촬영하기 바빴다. 다 같이 환호성을 지르기도 하고 서로 말 한마디 나누지 않아도 같은 공간에 있다는 것만으로 같은 행복을 느끼고 있음을 알 수 있었다.

이제 섬진강을 따라 남해로 이동해야 했다. 빗줄기는 더욱 굵어지고 있었다. 바이크의 모드를 레인 모드로 변경했다. 레인 모드로 변경하면 미끄러운 노면에서 안정적으로 주행할 수 있도록 전자식 제어가 가동된다. 평소에 자주 사용하지 않는 기능이라 거의 처음 써 보는 기능이었는데 기분 탓인지 모르겠지만 주행이 훨씬 안정적인 듯 느껴졌다.

산을 올랐으니 이제 내려갈 일만 남았다. 비는 내 마음도 모르고 더 세차게 내린다. 헬멧에 맺힌 물방울 때문에 앞이 보이지 않을 정도였다. 20km 내외의 속력으로 천천히 길을 내려갔다. 바지는 이미 비에 홀딱 젖어 버렸고, 빗방울들이 발목을 타고 내려와 신발까지 모두 적시고 있었다. 또 한 번 후회가 되었다. 왜 우비를 제대로 챙기지 않았을까. 이제 와 후회한 들 달라지는 건 없었다. 안전하게 산에서 내려가기만 하면 문제 될 게 없었다. 천천히 달리다 보니 시간이 배로 길게 느껴졌다. 급커브길이었기 때문에 곳곳에 기어를 1단으로 사용하라는 주의 문구가 눈에 띄었다. 그도 그럴 게 급커브의 연속이었다. 이런 길에서는 1단으로 되도록 천천히 주행하는 게 안전하다.

우여곡절 끝에 산 아래까지 무사히 내려왔다. 그래도 비는 멈출 기미를 보이지 않았다. 옷은 이미 젖을 대로 젖어 버려 더 이상 젖을 곳도 없었다. '비야 올 테면 와 봐!'라는 심정으로 마음을 내려놓으면 편하다.

드디어 구례에 들어섰다. 그렇게 오고 싶었던 섬진강과 지리산을 품은 도시 구례와 하동. 섬진강이 보이기 시작했다. 낙동강과는 사뭇 다른 느낌의 섬진강이었다. 표현을 어떻게 해야 할지. 낙동강은 대범함 속에 넘치는 기운이 있었다면 섬진강은 잔잔한, 고요함 속에 숨겨진 에너지가 있는 느낌이라고 해야 할까.

감회가 새로웠다. 오히려 비 오는 날, 그 매력이 더 진하게 다가왔다. 산봉우리가 제각기 구름 모자를 쓰고 숲은 비에 젖어 더제 색을 내고 있었다. 섬진강 라이딩을 미리 계획했더라면 되도록 비 오는 날은 피해서 왔을 것이다. 그런데 오늘 이렇게 비 오는 날의 섬진강을 마주하니, 섬진강과 지리산은 우중 라이딩이 최고일 거라고 확신했다. 일부러라도 비 오는 날에 맞춰 와야겠다 싶을 정도로 매료되었다. 섬진강의 풍경을 자세히 보고 싶어 드론 갸륵이를 다시 띄워 보기로 했다.

갸륵이가 구름 사이를 가로질러 날아다닌다. 이런 경험은
또 처음이었다. 마냥 '와…'라는 감탄사밖에 나오지 않았다.

하늘 위에서 마주한 풍경은 더 기가 막히도록 아름다웠다. 지금까지의 여행의 모든 순간이 다 좋았지만, 오늘이 정점을 찍었다. 바지에서 빗물이 뚝뚝 떨어진다고 해도 말이다.

길을 따라가다 보니 길가에 재첩국 식당이 보였다. 섬진강 하면 재첩국을 빼놓을 수 없다. 나는 다양한 메뉴 중 재첩국백반을 주문했다. 금세 한상 가득 차려졌다. 재첩은 진흙 바닥에 서식하는 민물조개로 주로 섬진강에서 채취되어 구례, 하동 및 섬진강 유역의 대표적인 음식 중 하나인데, 그 맛은 익숙하면서도 낯설었다. 우리가 흔히 알고 있는 조개탕처럼 시원한 국물의 맛이었는데, 약간의 독특한 향이 느껴졌다. 아마 민물조개 특유의 향과 맛인 듯했다. 재첩국도 재첩국이었지만 함께 차려진 반찬이 단 하나도 빼놓지 않고 모두 정갈하고 맛있었다.

전라도의 음식이 맛있다고 얘기만 들어 왔는데, 정말 그랬다. 분위기에 취해, 음식에 취해, 풍경에 취해, 알코올 없는 취중 여행이 되었다. 온몸을 적신 물기가 알코올은 아니었나 하는 착각마저 들었다.

든든한 식사를 마쳤다. 이제 77km를 달려 남해에 갈 일만 남았다. 젖은 바지 때문에 체온이 내려가고 있었다. 찝찝하기도 했고 얼른 숙소에 도착해서 따뜻한 물로 몸을 녹인 후 잠들고 싶다는 생각이 간절했다. 비는 그쳤지만 언제 다시 내릴지 모르는 상황이었기 때문에 부지런히 이동해 보기로 했다. 하동을 지나니 드문드문 녹차밭도 보이고, 계속해서 한 폭의 산수화 같은 풍경이 펼쳐졌다. 날은 점점 어두워지고 비는 다시 내리기 시작했다. 지금부터는 자신과의 싸움이었다. 주유소에 들러 기름을 가득 채우고 제대로 달릴 채비를 했다.

조금씩 지치기 시작하여, 존 덴버의 「Take Me Home, Country Road」를 다시 흥얼거리기 시작했다. 라이딩에 지친 마음을 달랠 땐 음악만큼 좋은 게 없다. 그 누구의 눈치를 볼 것도 없이 혼자만의 노래방을 열어 맘껏 소리쳐 노래를 부르며 달릴 수 있다. 커브를 도니 남해대교와 함께 웅장한 다리가 떡하니 펼쳐졌다. 노량대교였다. '드디어 남해에 다 왔구나.' 노량대교를 보며 감탄이 끝나기도 전에 오른쪽에 남해가 펼쳐졌다. 노량대교는 생각보다 높이가 낮아서 남해를 더 가까이에서 느껴 볼 수 있었다. 이색적이었다. 여수나 다른 해안 도시의 대교를 건널 때와 사뭇 다른 느낌이었다. 자그마한 섬들의 풍경을 가까이에서 마주하니 정말 남해에 온 거구나 싶었다. 이제 도착했다는 사실에 안심이 되었는데, 섣부른 판단이었다. 무심코 잡은 숙소는 남해의 끝 다랭이마을에 위치해 있었다. 역경이 시작되었다.

가로등 하나 없는 구불구불한 길이 끝없이 이어졌는데 상향등을 켜 보아도 쏟아지는 폭우와 안개로 인해 한 치 앞이 보이지 않았다. 어디선가 무언가 튀어나와도 전혀 대처할 수 없는 상황이었다. 스산함까지 더해져 이미 젖은 몸은 더욱 오들오들 떨렸다. 내가 의지할 곳이라곤 요들이뿐이었다.

나름 속력을 낸다고 내 보았지만, 최고 속력은 20km 남짓.

내비게이션을 보니 바로 옆에 바다가 펼쳐져 있어 분명 절벽일 거라고 생각했다. 그 생각이 들자마자 공포는 몇 배로 불어 나를 집어삼키려 하였다. 전국 일주 3일 중에 이틀이 비 오는 날이라 니. 여태 바이크를 타 오면서 이 정도의 악조건 속 라이딩은 처음이었다. 이때 처음 '나 전국 일주 괜히 했나?'라는 생각이 들었다. 맞은편에 차 한 대라도 와 주길 절실하게 바랐다.

30분 남짓 달렸을까, 저 먼 곳에 처음으로 불빛을 발견했다. 내비게이션과 풍경으로 추측하길 이곳은 다랭이마을 주차장인 듯했다. 낮이 익었다. 바이크를 잠시 멈춰 이 역경의 순간을 사진으로 꼭 남겨야겠다고 생각했다. 훗날 웃으며 추억할 날이 오겠지.

다시금 안개를 뚫고 달리니 외딴곳에 편의점 하나가 있었다. 분명 숙소 근처에는 아무것도 없을 것 같아 편의점에서 이것저것 주전부리와 맥주 한 캔을 샀다. 이곳이 맞나 싶을 정도로 주의는 캄캄했는데 순간 화려한 조명의 건물이 눈에 들어왔다. 숙소였다. 가파른 언덕을 내려가 주차했다. 적막함이 흐르는 이곳. 나는 방으로 들어가, 보일러의 온도를 높여 젖은 옷을 바닥에 널어 둔 채 내일은 부디 날씨가 좋길 바라는 마음으로 밤바다를 바라봤다. 양말은 신발의 가죽에 물이 들어 퍼렇고, 티셔츠도 청바지 물들어 버렸다. 과연 내일까지 마를까. 오늘 나의 하루를 아는지 모르는지 바다는 잠잠하고 고요했다.

'그나저나, 내일은 어디를 가면 좋을까?'

 나는 핸드폰을 꺼내 들고 한 번 더 SNS 투표해 보기로 했다.

① 2일간 제주도 여행 후 복귀
② 남해 – 포항 – 안동 여행 후 복귀
③ 남해 – 거제 여행 후 복귀

처음엔 2번 코스가 선두를 달리더니 1번 제주도 코스로 투
표가 몰렸다. 맥주 한 캔을 마시며 결과를 지켜보기로 했다. 결
국 1번 제주도 코스가 1등이 되었다. 제주도 일주 라이딩은 아
빠와 해 본 적이 있었지만 한 번 더 가 보고 싶던 곳이었기에 투
표 결과가 반갑기도 했다. 바로 배편을 알아봤다. 삼천포항에서
출발하는 루트가 가장 가깝고 편할 것 같았다. 당일 예약은 힘
들다는 말을 들었던 적이 있어 바로 예약하기 위해 검색해 보니
새벽 4시까지 점검 시간이었다. 이때의 시간은 새벽 1시. 4시까
지 잠들지 않으면 예약을 하고 자야겠다 싶었다.

이상하게 피곤할수록 잠이 더 달아나는 기분이다. 결국 4시
까지 잠을 이루지 못하고 예약을 위해 다시 확인하니 당일 예
약 불가라고 했다. 그다음 날 배편을 알아봐도 자리가 이미 만
석에, 신분증이 있어야 했다. 나는 신분증을 가지고 오지 않았
었다. 왜 이걸 생각을 못 했을까. 투표해 주신 분들께는 죄송했

지만 다른 방안을 강구해야 했다. 날은 곧 밝을 텐데, 오늘 하루를 어떻게 계획해야 할지 고민되었다. 그러다 문득 이런 생각이 들었다.

'무조건 힘차게 달리는 것만이 정답은 아니야. 적절한 휴식이 필요해. 어제까지는 끊임없는 도전의 연속이었으니 오늘은 한곳에 머무르며 쉬고 시간의 흐름을 오롯이 느껴 보는 것도 나쁘지 않을 것 같아.'

그랬다. 지금까지 달리는 것에만 집중해 왔다. 주어진 짧은 시간 안에 해내야 했다. '나를 내려놓기로 한 여행에서 뭘 자꾸 해내려고만 할까?' 목적을 가지고 무언갈 이뤄 내는 것도 중요하지만, 수많은 과정이 나를 빛나게 하는 것인데. 어느 순간 여행의 목적을 잊어 가는 듯했다. 나는 결정했다.

"오늘 하루 더 남해에 남아 쉬었다 가자."

넷째 날

넷째 날 아침. 늦게 잠이 들어 충분한 수면을 취하지 못했지만 커튼 사이로 비추는 햇살에 이끌려 창문을 여니 남해가 일렁이며 잠을 깨운다. 바다를 보며 기지개를 켜는 기분이 좋다. 오늘은 서두를 필요가 없었기에 여유 있게 짐을 싸고 길을 나섰다.

숙소는 급하게 구하느라 가격과 숙소 상태만 보고 예약했는데 위치가 좋았다. 다랭이마을 근처여서 마을을 둘러볼 수 있었다. 숙소에서 나서니 어젯밤에 유추한 대로 가파른 언덕 아래 남해가 펼쳐졌다. 시원한 바람을 맞으며 심호흡해 본다. 얼마 달리지 않아 저 멀리 다랑논과 마을이 보였다. 다랭이마을은 계단식 논이 켜켜이 층을 이루고 있는 독특한 풍경을 자랑하는데, 국내에서 쉽게 마주할 수 없는 풍경이기 때문에 더 이색적인 곳이다.

바이크를 주차장에 세워 두고 언덕길을 내려가 봤다. 날씨가 무지 덥다. 어제 널어 둔 옷들이 마르지 않아 얇고 편한 복장으로 나왔는데 다행이었다. 다랑논과 바다가 한눈에 보이는 곳을 찾아 잠시 앉아서 휴식을 취했다. 흙바닥이나 콘크리트 바닥에 털썩 앉는 게 이제 익숙하다. 솔솔 부는 바람을 머금고 휘파람도 불어 본다. '아, 여유롭다.'

건너편에 보랏빛 라벤더꽃이 눈에 띄는 카페가 있어 시원한 음료 한잔을 마셔 보기로 했다. 투명한 창문에 바다가 그림처럼 일렁인다. 라벤더꽃 사이로 하얀 나비들이 분주히 유영하고 있었다. 사방이 온통 살아있는 예술작품을 감상하는 기분이 들었다. 어느 정도 더위가 식어 다시 길을 나섰다.

언덕을 다시 오르던 중 하얀 고양이가 나무 그늘에서 달콤한 휴식을 보내고 있었다. 슬며시 다가가 고양이의 낮잠을 깨워 보았다. 도망가지도 않고 오히려 다가와 내게 몸을 밀착한 채 꼬리를 살랑인다. 그 모습이 귀여워 쓰다듬어 주니 아예 자리를 잡고 야옹거린다. '이 녀석, 집은 있는 걸까?'

나는 고양이의 애교에 사로잡혀 쉽사리 그 자리를 뜨지 못했다. 겨우 맘을 돌려 다시 길을 이동해 본다. 아쉬운 마음에 몇 번이나 뒤를 돌아봤다. 고양이는 귀찮다는 표정인지 아쉬워하는 표정인지 모를 눈빛으로 한참 동안 나를 주시했다. 참 자유로워 보였다. 고양이에게도 나름대로 고충이 있겠지만 그 무엇에도 얽매이지 않아 보이는 모습이 부럽기까지 했다.

아쉬운 안녕을 하고, 식사하러 이동해 보기로 했다. 남해에는 멸치쌈밥이 유명하다고 아빠한테 전해 들어 멸치쌈밥에 도전해 보기로 했다. 30~40분 거리에 멸치쌈밥거리가 있어 그곳으로 이동하려고 했는데, 다랭이마을에도 멸치쌈밥집이 있었다. 굳이 긴 거리를 이동해서 갈 필요나 있나 싶어 한 식당으로 들어갔다. 그리고 멸치쌈밥과 오징어부추전을 주문했다. 이곳에서도 눈앞에 남해가 펼쳐져 있어 바다를 바라보며 식사를 즐길 수 있었다. 멸치쌈밥은 뚝배기에 멸치가 조려져 나오는 조림 요리였는데, 상추 등 다양한 쌈과 함께 먹는 음식인 듯했다. 먹을 만했다. 내 입맛에는 아주 맞는 음식은 아니었지만 색다른 경험이라서 좋았다.

테이블 아래에 갑자기 아까 그 고양이가 나타났다. 마치 나를 알아보기라도 하듯 한동안 내 테이블에서 떠나가질 않았다. 혹여나 배고픔에 굶주린 건 아닌가 싶어 오징어를 물에 씻어 몇 개 건네주니 먹을 듯 말 듯하며 잘 받아먹는다. 이 녀석의 정체가 궁금해졌다. 사장님께 슬쩍 여쭤보았다.

"이 고양이 혹시 여기서 사는 고양이인가요?"

"아니에요, 예전에 누가 두고 간 건지 어느 카페 앞에 있어서 그 카페 주인이 보살피기 시작했는데, 지금은 여기 앞 카페 사장님이 돌봐 주고 계셔요."

내가 들렀던 카페 사장님께서 고양이 밥을 챙겨 주고 계시다고 했다. 다행이었다.

다랭이마을의 마스코트. 이름이 하루였다. 너는 많은 사람의 하루에 깜짝 선물 같은 행복을 주고 있구나. 이름 참 잘 어울린다고 생각했다. 다음에 오게 된다면 또 보고 싶었다. '그때까지 건강하게 잘 있어 주었으면….'

오늘은 여행 내내 아끼고 고생한 나를 위해 약간의 사치를 부려 보기로 했다. 수영복을 챙겨 왔지만 수영할 기회가 없을 것 같아서 큰맘 먹고 작은 수영장이 있는 풀 빌라를 예약했다. 그래서 조금 일찍 숙소로 돌아가 시간을 보내보기로 했다. 다랭이마을에서 40분 거리인 남해 창선면에 위치한 숙소였다. 남해의 북동쪽에 위치한 곳이었는데 이쪽의 풍경은 또 다른 느낌이었다. 섬에 둘러싸인 바다가 마치 아주 큰 호수 같았다.

햇빛이 파도에 부서져 반짝이는 풍경을 바라보며 신나게 달렸다. 숙소는 작은 항구마을 광천항에 있었다. 여러 척의 배들이 넘실대는 파도에 출렁이고 방파제에는 낚시를 즐기는 몇몇 사람 있는 소박한 마을이었다. 여행 전에 좋은 풍경이 있다면 그 자리에 멈춰 노래를 부르며 시간을 보내보자 다짐했었는데 언덕을 내려와 펼쳐진 항구의 모습을 보자마자 이곳이 딱이라고 생각했다. 하지만 그전에 몸 안에 가득 찬 열기를 씻어 내는 것이 우선이었다.

길 끝에 위치한 숙소는 바다와 맞닿아 휴양지 느낌이 물씬 풍겼다. 숙소 내부는 하얀 대리석으로 꾸며진 넓은 공간이 있었고, 테라스의 수영장은 해수로 채워져 흡사 바다에서 수영하는 것과 같은 느낌이었다. 테라스 바깥 풍경은 바로 바다와 이어져 있어 더욱 그랬다. 어느새 해가 지고 있었다. 차가운 물에 몸을 담그고 멍하니 지는 해를 바라봤다. 오늘 하루 온전히 쉬기로 하자던 선택은 너무 잘한 선택인 듯했다. 고생한 나에게 주는 작은 이벤트. 얼마 만인지 모르겠다. 늘 시간에 쫓기다 나 자신은 보살피지 못했다. 핸드폰에서 흘러나오는 노래의 가사가 마음에 와닿았다.

죠지의 「Boat」라는 곡. 평소에도 좋아했던 노래였지만 오늘따라 가사의 의미가 크게 와닿는다. 내가 바랐던 건 거창한 무언가가 아닌 나만의 시간, 휴식이었다. 오늘의 쉼이 내일 더 큰 에너지를 만들어 주길 바라며 아무 생각 없이 물 위에 둥둥 떠 완연한 나만의 시간을 보냈다. 아까 보았던 방파제를 거닐었다. 노을이 지는 풍경이 유난히 아름다운 곳이었다. 파도 소리만이 가득한 방파제 위에 앉았다. 바닷바람에 기분이 좋다. 파도 소리를 반주 삼아 좋아하는 노래들을 흥얼거려 본다.

이번 곡은 제이레빗의 「웃으며 넘길래」다. 내가 좋아하는 곡이다. 웃으며 넘긴다. 나는 과연 힘든 일을 앞에 두고 웃어넘긴 적이 몇 번이나 있을까? 그럴 때마다 이 노래를 들으면 위로

가 된다. 이번 여행도 노랫말처럼 아직 많은 길이 남았지만 언제나 그렇듯 두 바퀴 위에서는 마음이 뜨거워진다. 때론 힘들고, 때론 추위에 지쳐도 바이크에 대한 열정은 늘 그랬듯 뜨거웠다. 나이를 불문하고 무언가에 설레며 뜨거운 열정을 지닌 채 살아가는 것, 그게 바로 청춘 아닐까. 어느새 달빛이 나를 비추고 파도가 잠잠해졌다. 어둠 속에서도 찬란한 저 달빛처럼 우리의 삶 또한 어둠 속에서도 한없이 빛나길.

다섯째 날

어느새 다섯째 날이었다. 정말 어느새였다. 다음 여행지는 어디로 정할까 고민하다가 이번에는 투표가 아닌 내가 가 보지 못한 곳 특히 전혀 생각지도 못한 여행지 중 한 곳을 가 보기로 했다. 예를 들면 산청, 의성, 영양 등 소도시가 있다. 내가 평소에 가 볼 생각을 해 보지 않던 곳이다.

　　여러 도시를 검색해 보다가 경상북도 청송이라는 곳이 매력적으로 느껴졌다. 역사 깊은 고택의 한옥에 머물며 슬로시티 체험할 수 있었다. 주말이었기 때문에 급하게 새벽에 숙소를 예약해야 했다. 가장 마음에 드는 고택을 골라 사장님께 메시지를 남겨 놓았는데, 늦은 시간임에도 친절하게 답장해 주신 덕분에 예약할 수 있었다. 운이 좋게도 이날 일이 있어서 숙소에 늦게 도착할 것 같아 숙소 예약을 받지 않고 계셨다고 했다. 나는 원하는 방을 선택할 수 있었다.

남해에서 출발해 사천에 들어설 때쯤 초양대교와 삼천포대교를 건너게 됐는데 저 멀리 돌아가는 관람차와 함께 멋진 풍경이 보였다. 해안 도로를 달리다 보면 대교를 감상하는 재미가 쏠쏠하다. 다들 비슷해 보이지만 제각기 다른 매력을 가지고 있다. 비록 지나는 길이었지만 잠시나마 사천의 매력을 엿볼 수 있었다.

대교를 빠져나와 길을 달리던 중 뒤따라오던 차 한 대가 추월해 갑자기 비상등을 켜서 무슨 일인가 싶었다. 그런데 갑자기 운전석에서 손이 뻗어 나오더니 엄지를 치켜 들어 보이신다. 전주에 이어 두 번째 반가운 인사였다. 내 예상으로는 바이크 번호판이 강원도 원주였기 때문에 여행 중이라는 것을 눈치채셨던 것 같다.

낯선 도시에서 낯선 인연에게 한가득 응원받는 이 기분. 뭐라고 표현해야 할지 모르겠지만 길 위에서 두 번째 깜짝 이벤트를 선물 받은 것 같아 행복해졌다. 감사의 인사라도 전하고 싶었지만 곧바로 좌회전을 하여 아쉬웠다. 낯선 누군가에게 선뜻 인사를 건네는 건 생각보다 쉽지 않다. 그것도 길 위에서 말이다. 라이더들이야 오가면서 인사를 자주 나눈다지만 승용차와 인사를 주고받는 일은 절대 쉽지 않다. 오히려 이런 상황에서는 내가 실수한 게 있나 싶은 생각이 더 크게 든다. 내가 입장을 바꿔 생각해 본면 더 어려운 일이다. 감동이었다. 사천에 대한 좋은 인상이 깊게 남았다. 나도 나중에 승용차를 운전하면서 꼭 같은 기분을 누군가에게 선사해야겠다고 생각했다.

가는 길에 차가 밀리기 시작했다. 앞에서 공사 중이었다. 잠시 옆길로 빠져 밥을 먹고 가기로 했다. 작은 시골 마을이라 식당과 카페를 찾아보기 힘들었다. 그러던 중 한 현수막이 눈에 띄었다. 냉면이라고 크게 쓰여 있었다. 중국 음식점이 있었다. 바이크를 앞에 주차하니 주인분이 나와 말을 걸어 주신다.

"식사하시려고요?"

"네."

그리곤 별말 없이 바이크를 신기한 듯 빤히 쳐다보신다. 그렇게 가게로 들어섰다. 짜장면을 주문할까 하다가 냉면을 주문했다. 내부 인테리어가 왠지 정겹다. 냉면은 별 기대 안 했는데 감칠맛이 느껴져 놀랐다.

"사장님 냉면이 너무 맛있는데요?"

"그래요? 하하하."

여사장님의 호탕한 웃음소리가 가게를 가득 메웠다. 잠시 후 옆에 있던 어르신께서 내게 말을 건네셨다.

"오토바이 타고 어디로 가요?"

"저 이제 청송으로 가요. 전국 일주 중이거든요."

"어디서 온 거예요?"

"저 원주에서 출발해서 태안, 군산, 지리산, 남해 갔다가 이제 청송으로 가는 거예요."

"저도 젊었을 때 오토바이 탔었어요. 125cc짜리였는데, 그거 타고 전국 다 돌았었죠."

"와 대단하시네요."

"조심해서 안전히 타고 다녀야 해요."

어르신께서 배웅을 나와 주셨다. 다시 출발할 채비를 하려면 시간이 조금 걸렸는데 출발할 때까지 기다리며 배웅해 주신다.

"진주 쪽으로 가려면 저쪽으로 가면 돼요. 안전 운전하세요."

어르신의 젊은 시절 이야기도 듣고 이렇게 배웅까지 받으니 마음이 따뜻해지는 순간이었다. 이번에도 우연한 곳에서 받는 뜻밖의 선물 같았다. 어느새 여행의 필연적 법칙이 되어 가고 있는 듯했다. 식사하고 나오니 교통체증이 해소되어 있었다. 이제 240km, 대략 4시간을 달리기만 하면 됐다. 어제 하루 휴식을 하고 나니 여행을 다시 시작하는 기분이 들어 설렜다. 여행을 마칠 때까지 비 소식이 없어 더더욱 그랬다. 합천, 고령, 칠곡생소한 도시를 지났다. 파란 하늘과 녹음이 우거진 풍경에 가슴이 트인다. 칠곡쯤 지날 때 한번 쉬었다 가기로 했다. 한 사찰의 종소리가 울려 퍼지는 시골 마을. 그곳의 작은 구멍가게에서 캔

커피를 사 먹기로 했다. 주인아주머니께서 여섯 마리의 길고양이를 보살피고 계셨다.

"아니 웬 멋진 오토바이가 시골에 들어오나 했어요."

고양이들을 쓰다듬으며 주인아주머니와 이야기를 나눴다. 구멍가게는 오랜만이었다. 어렸을 적 할머니 댁 마을의 구멍가게가 떠올랐다. 그늘에 앉아 더위를 식히는데 고양이들이 쪼르르 나와 바이크에 관심을 보인다. 나는 미플러의 열기가 아직 남아 있어 걱정되어 고양이들을 내쫓아 보기도 했지만, 고양이들은 아랑곳하지 않고 바이크의 냄새를 맡아 보기도 하고 풋 패드를 물기도 하고 앞바퀴 옆에 데구루루 구르기도 하고 한껏 재롱을 펼친다. 이번 여행에서 유난히 고양이들과의 인연이 잦았던 것 같다. '집에 있는 아쭈는 잘 있으려나…'

다시 힘을 내 길을 달렸다. 해가 뉘엿뉘엿 질 때쯤 청송에 도착했다. 청송은 얼음골이 유명해 들은 적은 있지만 직접 와 본 적은 처음이었다. 사과가 유명한 곳이어서 달리는 길 내내 사과밭이 펼쳐졌고, 이내 덕천마을 표지판이 보였다. 한옥마을은 서울 북촌, 은평 한옥마을과 전주 한옥마을에 가 본 게 전부였는데, 이곳은 조금 느낌이 달랐다. 온통 산과 밭이 펼쳐진 산골 마을에 고택이 줄지어 있었는데, 조선시대로 시간 여행을 온 것 같았다.

덕천마을은 조선시대의 가옥을 보존해 다양한 체험을 할 수 있는 곳으로 그중에 송소고택이라는 곳이 특이했는데, 한 개의 한옥에 99개의 방이 있다고 했다. 전통한옥이 잘 보존되어 한옥 숙박체험을 할 수 있는 곳으로 고즈넉한 시골 풍경과 각종 선비 문화체험, 전통다도 등 다양한 농촌체험도 할 수 있는 곳이었다. 내가 예약한 숙소는 덕천마을 가장 끝자락에 위치한 곳이었다. 정원이 아름답게 꾸며진 곳이었다. 숙소에 들어서니 주인 내외분께서 환한 웃음으로 맞이해 주신다.

"어서오십시오."

숙소는 햇빛방, 별빛방, 달빛방 총 세 개의 방이 있다. 나는 두 개의 창문이 있는 햇빛방을 선택했다.

이곳은 한옥 구조라기보다는 흙으로 지어진 옛 전통가옥의 느낌이 물씬 나는 곳으로 영화 〈리틀 포레스트〉가 떠오르는 곳이었다. 대충 짐을 옮기고 주인 내외분과 이야기를 나눠 보기로 했다. 마침 따뜻한 꽃잎 차를 내어 주셨다.

"숙소가 너무 예뻐요. 정원도 직접 가꾸신 건가요?"

"네. 여기가 제가 어릴 때 살기도 했고 저희 부모님께서 사시던 집을 꾸미면서 살아가고 있어요. 원래 집은 인천인데 내려온 지 그렇게 오래되지는 않았어요."

"숙소가 고즈넉하고 정원도 아름답게 잘 꾸며 놓으신 것 같아요. 제가 새벽에 급하게 메시지를 드렸던 건데, 늦은 시간에 죄송했어요."

"마침 오늘 예약을 받을까 말까 고민하던 중이었거든요. 원래는 주말에 예약이 꽉 차는데 오늘 한 팀만 받게 된 거예요. 허허허. 이 마을이 오래전부터 잘 보존되어 온 마을인데 저 아래에 송소고택이라고 방이 99개의 고택이 있어요. 그 당시에 일반 사람이 최대 지을 수 있는 방의 개수가 99개였는데, 그 이상 넘어가면 궁궐이에요. 99개 이상 짓는 걸 금지했어요. 청송 심씨의 고택인데 아주 부자였죠. 내일 시간 되면 꼭 한번 가 보세요."

문자 메시지에서 미리 느꼈을 만큼 사장님께서 온화하고 친절하신 덕에 편하게 질문을 할 수 있었다. 나는 사장님과 많은 이야기를 나눴다. 이미 하늘은 어둑해지고 있었기 때문에 더 늦기 전에 동네 한 바퀴를 돌아보기로 했다. 마을 입구에는 세월을 안은 아름드리나무가 지키고 있었다. 고택마다 대부분 숙박 체험을 운영하는 듯했다. 송소고택 옆에는 한옥 카페도 있고, 정갈한 백반집도 있었다. 이것저것 둘러볼 생각에 내일이 정말 기대됐다.

시간이 늦어 간단하게 마을을 돌아본 후 다시 바이크를 타고 읍내에서 간단한 바비큐 재료들을 사 왔다. 사모님께서 직접 재배한 쌈을 가져다주며 내게 말씀하셨다.

"조금 있으면 저 산 가운데로 달이 떠올라요. 저는 매일 보는 달인데도 늘 새롭고 멋져요. 여기 앞에 있는 산 이름이 별동산이거든요. 그래서 저희 숙소 이름을 '별동산 달빛 아래'로 지은 거예요. 그리고 새벽이슬이 맺힐 때쯤 마을의 풍경이 정말 멋져요. 시간이 되시면 내일 이른 아침에 마을 산책을 한번 해 보세요."

지저귀는 풀벌레 소리와 함께 사모님의 나긋나긋한 이야기를 듣고 있자니 왠지 에세이 한 소절을 듣는 듯했다. 산 이름이 별동산이며, 또 그 이름을 따 숙소 이름을 지으셨다니. 정말 이름처럼 별동산 달빛 아래에 숙소가 있었다. 이렇게 낭만적일 수가. 식사하며 산을 바라보니 정말 둥근 보름달이 산과 산 사이에 떠올랐다. 오늘은 청송의 달빛을 품은 맥주를 맛본다. 이렇게 맛있을 수가 없다. 어제는 바다를 품은 맥주, 오늘은 달빛을 품은 맥주라니. 더할 나위 없이 좋았다. 숙소 내부는 전통방식 그대로 창살이 있는 창문과 온돌식 침실이었다. 창문을 살짝 열어 풀벌레 소리를 자장가 삼아 본다.

"와 좋다."

작은 조명 하나를 켜고 노트북을 열었다. 그리고 오늘의 일기를 써 내려갔다.

청송에서의 하루가 저물어 간다.

고요한 이 밤을 가득 채우는 풀벌레 소리와 개구리 소리가 마음을 편히 만든다. 전국 일주를 하면서 '과연 내가 할 수 있을까'라며 많은 고민을 했다. 하지만 마음먹은 건 시작해야 직성이 풀리는 나는 결국 또 이렇게 해내고 있었다. 여행하면서 모든 일이 쉬웠던 것은 아니었다. 비 오는 날의 라이딩도 힘들었지만 결국 힘들수록 남는 게 많기 마련이다.

.

.

.

생각 없이 써 내려간 일기는 어느새 한 페이지를 가득 메우고 있었다. '내일은 어디로 가면 좋을까?' 원래는 정선에 가기로 생각했지만, 문득 평창 육백마지기가 떠올랐다. 데이지꽃이 만개한 육백마지기의 풍경은 많은 사람의 마음을 사로잡을 정도로 멋진 풍경이 있는 곳이었다. 정상까지 차량 통행이 가능해서 바이크를 타고 오를 수 있었다. 하지만 숙소가 마땅치 않아 내일은 영월에서 하루를 보내고 마지막 날에 육백마지기를 오르기로 했다. 경기도를 거쳐 충청도, 전라도, 경상도, 이제 마지막 강원도를 앞두고 있었다. 마지막 날이 다가올수록 왜 이렇게 시간이 빠르게 흐르는지 내가 썼던 노래 가사처럼 저 달을 붙잡아 이곳에 묶어 두고 싶은 마음이었다. 그렇게 풀벌레 소리를 자장가 삼아 청송에서 밤을 맞이했다.

여섯째 날

여섯째의 아침. 창문을 활짝 열어 본다. 정원의 푸른 잔디와 색색의 꽃, 아침을 깨우는 새소리와 함께 시작한 아침. '아 일어나기 싫다. 계속 머물고 싶다.' 이슬이 맺힌 아침의 풍경을 보고 싶었지만 여섯째가 되도록 이른 아침의 기상은 힘들다. 한동안 삐딱하게 누워 멍하니 하늘을 바라봤다.

"내 방의 풍경도 이랬으면…."

억지로 몸을 일으켜 나갈 채비를 하는데, 사모님께서 간단한 아침을 준비했다고 나를 부르신다. 정원에 위치한 테이블에 마련된 아침. 직접 기르신 감자와 고구마 그리고 삶은 계란, 블루베리와 다양한 과일이 섞인 요거트. 근사한 아침이 차려졌다. 아침을 준비해 주실 거라고는 생각도 못 했는데, 든든하게 하루를 시작할 수 있을 것만 같았다. 맛있었다. 무엇보다 사모님의 진심이 느껴져서 더욱 맛있게 먹었던 것 같다.

두 분과 함께 이런저런 대화도 나눴다. 두 분은 여행도 많이 다니셨다고 한다. 같은 관심사를 가진 사장님께서 생각하시는 청춘이란 무엇인가 궁금했다.

"사장님께 청춘은 무엇인가요?"

"저희 세대의 청춘은 뭔가 도전하고자 하는 게 강했던 것 같아요. 뭔가를 배우거나. 저도 여행을 참 좋아하는데, 청춘 때 그걸 못 한 게 아쉽죠. 지금도 많이 다녔다고는 생각하는데, 아직도 여행을 다니고 싶어요. 나도 청춘이고 싶어."

"지금 이렇게 멋진 풍경이 가득한 곳에서 지내시는 것도 어떻게 보면 청춘이 아닐까요?"

"그렇죠. 저도 여기 퇴직하고 내려왔는데, 제2의 청춘이죠. 저의 고향에 와서 생활하는 게 행복해요. 어떻게 보면 새로운 청춘이 아닐까 하는 생각이 드네요. 청춘을 보면 부럽죠. 하지만 아직은 활발하게 살고 있으니까 이게 곧 청춘이 아닐까 그런 생각이 드네요."

"이야, 멋지세요. 청춘이라고 마음만 먹는다면 그게 곧 청춘인 것 같아요. 맞나요?"

"그렇죠. 마음먹기 나름이죠. 하하하."

너그러운 미소로 멋진 말을 잔뜩 쏟아 내시는 사장님. 청춘이고 싶다며 환히 웃는 모습에서 얼핏 소년의 웃음이 보이는 듯했다. 청춘의 사전적 의미는 '새싹이 파랗게 돋아나는 봄철'이라는 뜻으로, '십 대 후반에서 이십 대에 걸치는 인생의 젊은 나이 또는 그런 시절을 이르는 말'이지만 때론 이런 의미가 무색하다는 생각이 들곤 한다. 청춘은 한순간 스쳐 지나가는 것이 아닌 '열정이란 씨앗 속에 자라난 푸른 마음'을 지닌 모두에게 통용되는 말이 아닐까. 나이라는 숫자에 그 마음이 가려지는 건 아닐까 하는 생각이 든다.

사장님의 삶은 이곳의 푸른 정원처럼 멋져 보였다. 그렇게 우리는 서로의 청춘을 응원했다. 사장님과 사모님은 이제 교회에 가야 한다고 말씀하셨다. 체크아웃 시간은 신경 쓰지 말고 여유 있게 쉬다가 가라며 떠나셨다. 숙소에 나만 남게 되었다.

여유 있게 마을을 돌아보기로 했다. 먼저 가장 궁금했던 송소고택을 가 보기로 했다. 입구부터 양반이 살았던 곳임을 느낄 수 있는 으리으리함이 느껴졌다. 입구인 솟을대문 처마 아래에는 제비가 집을 짓고 새끼 제비들이 재잘재잘 어미를 기다리고 있는데, 그 모습이 귀여워 오가는 사람들이 발길을 멈춰 사진을 남기고 갔다.

고택 안에는 약재가 주렁주렁 열린 약재방도 있었으며 사랑채, 곳간 등 수많은 방이 있었다. 이곳에서 숙박체험을 할 수 있는 것 같았다. 사실 고택의 구조를 잘 알지 못해서 각각 건물의 이름을 알 수 없었지만 어떤 역할을 하는 곳인지는 유추해 볼 수 있었다. 정원을 바라보며 문예를 즐겼을 거라고 생각하니 새삼 부러웠다. 방안에는 갖가지 문방사우가 전시되어 있어 고풍스러운 분위기를 더해 주고 있었다. 그렇게 잠시나마 조선시대로 돌아간 듯한 기분에 젖어 시간을 보냈다. 숙소 사장님의 설명 덕분에 시대상을 이해하며 둘러보니 좋았다.

옆에 한옥 카페가 있어 잠시 휴식을 하기로 했다. 주말이라 그런지 사람들로 붐비는 카페 안은 다양한 소품과 멋진 인테리어로 사람들의 발목을 잡을 만했다. 자두에이드를 마셨다. 직접 갈아 만든 자두가 들어간 상큼한 에이드. 더위가 씻기는 것 같았다. 시계를 보니 또 한없이 여유를 부리고 있었다. 이제 근처 백반집에서 식사하고 길을 나서기로 했다. 엄마가 차려 준 듯한 정갈한 한상으로 배를 든든히 채운 후 다시 숙소로 돌아가 짐을 챙겨 출발했다. 아쉬움이 가득한 이곳. 가을 단풍이 들 무렵 다시 찾아와야겠다고 생각했다.

다음 목적지는 영월 김삿갓계곡이었다. 대략 130km로 부담 없는 거리다. 장거리 라이딩이 잦아지면서 100km 정도는 옆 동네에 마실 나가는 듯한 기분이 든다. 안동과 단양을 지날 때쯤 거친 산길이 나타났다. 영주 부석면에서 영월 김삿갓면으로 이어지는 935번 지방도로였다. 시작부터 예사롭지 않았는데, 정말 다듬어지지 않은 길에 급 커브의 연속이었다. 푯말을 보니 소백산국립공원이었다. 좁은 길에 자칫 잘못하면 산 아래로 떨어질 듯한 길이었다.

1단 기어로 천천히 길을 달렸다. 이어 핸드폰 안테나가 잡히질 않았다. 이런 곳에서 위급 상황을 마주했을 때 큰 어려움을 겪을 수 있으므로 긴장을 늦추지 않았다. 좁은 길을 사이에 두고 드문드문 반대편에서 차량이 와 긴장이 되긴 했지만 그래도 이 적막한 곳에 나 혼자가 아니라는 생각에 위로가 되었다. 일부러 이런 길을 찾아 라이딩을 즐기는 분들에겐 더할 나위 없이 코스라고 생각한다.

산길을 벗어나니 바로 영월로 이어졌다. 강원도는 역시 강원도만의 매력이 넘쳐흐른다. 신기한 게 다 같은 산과 계곡, 논밭인데, 지역마다 감성이라고 해야 할까 제각기 느껴지는 매력이 다르다. 이번에 강원도가 강원특별자치구로 변경이 되었는데 지금의 모습을 잘 보존하여 더 많은 사람이 찾으면 좋겠다고 생각했다. 산 하나를 넘어왔을 뿐인데 계곡을 따라 부는 바람이 더 시원하게 느껴진다. 김삿갓계곡은 김삿갓이 생전에 '무릉계'라 칭했을 만큼 빼어난 경치를 지녔다고 해서 붙여진 이름이며, 이곳에 김삿갓묘가 있다고 했다.

자연 보존이 잘되어 청정지대로 불린다고 했다. 이곳에 숙소를 잡은 이유는 특별한 이유는 없었고 육백마지기와 가장 가까운 저렴한 숙소가 있기 때문이었다. 숙소가 김삿갓휴게소에서 운영되는 곳이었는데, 도착하니 옆엔 김삿갓계곡이 앞에는 너른 남한강이 흐르는 멋진 곳이었다. 정말 여행의 마지막 밤을 맞이했다. 괜한 감상에 젖었다.

'결국엔 해내고 마는구나. 많은 우여곡절도 있었지만, 되돌아보면 다 찬란한 추억이 되어 빛나고 있겠지. 나중에 아이를 낳게 되거나 백발 할머니가 되어서도 이 추억을 곱씹으면서 누군가에게 전국 일주 담을 재밌게 이야기해 줄 날이 오겠지.'

어쩌면 나의 가장 아름다운 시절에 가장 잊지 못할 추억을 남긴 것 같아 마음이 뭉클해졌다. 아직 여정이 끝난 건 아니었지만 스스로 대견하다며 다독여 본다. 주저 않고 떠났기에 소중한 추억을 한 아름 안을 수 있었던 것. 오늘 밤이 유난히 길게 느껴졌다. 아쉬움에 잠 못 이루는 밤. 그렇게 여행의 마지막 밤은 저물어 갔다.

마지막 날

드디어 여행의 마지막 날. 고맙게도 햇살이 마지막 날을 환히 비춰 준다. 휴게소에서 커피 한잔으로 하루를 시작해 봤다. 그러던 중 밖에서 바이크 배기음이 들려왔다.

할리데이비슨 바이크 세 대가 주차장에 주차했다. 여행하면서 라이더분들을 만나 이런저런 이야기를 나누고 싶었는데 여

행 내내 한 번도 마주친 적이 없어 이번에는 먼저 꼭 말을 건네
봐야겠다 싶었다. 짐을 챙기는 동안 라이더분들이 다시 출발할
채비를 하러 내려오고 계셨다. 보기에 아빠 연세쯤 돼 보이셨
다. 나를 보더니 먼저 선뜻 말을 걸어 주셨다.

"어디에서 오신 거예요?"

대부분 첫 질문은 비슷하다.

"저 원주에서 출발해서 전국 일주 중이에요."

"대단하시네. 허리 안 아파요?"

"네 중간중간 쉬면서 달리니까 괜찮더라고요."

"어우, 쉽지 않을 텐데. 이게 트라이엄프 바이크구나."

하시며 내 바이크를 구경하신다. 나 또한 아빠에게 바이크
를 선물해 드리면서 아빠도 인생 2막의 즐거움 속에 지내고 계
시는데, 어르신들의 바이크 라이프는 어떠신지, 그리고 두 바퀴
위에서 느끼는 청춘은 어떠한지 슬쩍 여쭤보았다.

"저는 저희 매형하고 같이 타고 다니고 있어요. 제가 먼저 바이크
에 입문했고, 매형이 집에서 맨날 심심하다고 해서 같이 타자고 했
어요."

"바이크 타신 지는 얼마나 되셨어요?"

"한 16년? 어렸을 적에 작은 바이크를 타다가 나이가 들고 큰 바이
크로 타기 시작한 게 16년 됐습니다."

"어쩌다 바이크를 타게 되셨어요? 어떤 로망이 있으셨나요?"

"제가 어렸을 때부터 사회생활을 시작하고, 또 몸이 조금 아팠어요. 그러다 보니 이렇게 살지 말고 바이크라는 것을 타 보면서 전국 일주 같은 걸 도전해 보자며 타게 되었는데 사계절의 향기가 다 다르더라고. 아까도 오는 길에 아카시아 꽃향기가 너무 향긋한 거야. 그리고 매형이랑 이렇게 가족끼리 자연을 나와서 느끼는 게 좋더라고요."

"두 바퀴에 오르는 순간 우리 모두 청춘이 된다. 이 말에 대해서 공감하시나요?"

"그렇죠. 엔진 소리를 딱 듣자마자 가슴이 뛰는 건 라이더라면 누구나 다 똑같은 것 같아요. 젊은 분이나 나이 드신 분이나 바이크 배기음 소리만 들어도 좋죠. 심장이 막 뛰어. 한번은 회사 일로 바빠서 바이크를 못 타고 있었는데, 회사에서도 바이크 소리만 들리면 고개가 자동으로 따라 돌아가더라고요. 왜 그러지? 하하하. 어쩔 수 없는 것 같아요."

"주말에는 꼭 타시는 거예요?"

"네. 주말에는 별일 없으면 무조건 타죠. 평일에도 별일 없으면 타고 나오죠. 정말 안전하게 타야 해요. 바이크는 빠르잖아요. 그냥 가도 빠른데 뭘 그리 급해서 빨리 달리냐 그거예요. 지나면서 같이 바이크를 탄다는 이유로 서로 손을 흔들고 그러는 것도 너무 좋고."

"근데 매형은 아가씨만 지나가면 손을 흔드는 거야."

"할리데이비슨 타는 분은 머리 기르는 사람이 많아서 아저씨지 아가씬지 몰라."

"하하하."

두 분이 주거니 받거니 농담을 나누시는 게 콩트 같아 너무 재밌어 한참을 웃었던 것 같다. 두 분도 바이크를 통해 즐거운 순간들을 공유하고 계신 듯했다. 매형과 처남의 바이크 라이프. 부녀 라이더보다 흔치 않은 조합이지 않을까. 두 분이 허물없이 유쾌하게 라이딩을 즐기는 모습이 너무 보기 좋았다.

오늘 이 만남처럼 바이크를 타는 순간 그 무엇이든 경계는 허물어진다. 나이든 관계든 상관없이 말이다. 낯선이와의 대화도 이렇게나 스스럼없이 웃으며 공유할 수 있다. 얼마나 멋진 일인가. 길을 지나며 흔드는 손 인사만 해도 그렇다. 서로 간의 뜨거운 열정을 말하지 않아도 느낄 수 있다. '두 바퀴에 오르는 순간 우리 모두 청춘이 된다.' 우리는 손을 흔들며 각자의 길로 떠났다. 이정표가 다르더라도 같은 마음을 안고 떠난다.

여행의 마지막 주유를 했다. 넘칠 만큼 가득 채운 바이크에게 조금만 더 힘을 내자고 다독여 본다. 육백마지기가 있는 청옥산까지는 60km 남짓. 너무 짧은 거리에 조금 아쉬움이 남는다. 평창의 풍경을 가득 안고 힘차게 달렸다. 새삼 느끼는 거지만 나의 바이크 요들이는 참 재밌는 바이크다. 클래식한 디자인에 다소 다소곳해 보이지만 힘차게 잘 나가고 엔진의 '두구두구' 하는 느낌에 기분이 좋아지는 바이크다. 이전에 탔던 CB1100

은 1,140cc의 리터급 4기통 바이크였는데 요들이는 800cc 2기통 바이크임에도 그에 못지않게 장거리 주행 시 피로감도 잘 느껴지지 않고 몇 시간을 달려도 재밌게 달릴 수 있다.

청옥산을 오르는 길은 또한 굽이진 길의 연속이었다. 많은 사람이 육백마지기의 풍경을 보기 위해 나와 같이 산을 오르고 있었다. 길은 점점 좁아지더니 이어서 비포장 길이 나왔다. 요들이로 임도는 처음 달리는 것이었기 때문에 긴장하면서도 동시에 재밌었다. 곧이어 하늘과 맞닿을 것 같은 곳에 커다란 풍력발전기와 넓은 초원이 펼쳐졌다.

"와!"

산 아래엔 또 다른 산들이 빼곡하게 펼쳐졌고, 푸른 초원은 한편의 애니메이션 속 한 장면 같았다. 나는 바이크를 주차하고, 잔디밭 위에 팔을 베고 털썩 누웠다. 솔솔 부는 바람과 눈앞을 가득 채운 하늘, 눈을 감으니 바람결에 흔들리는 풀들의 소리뿐이었다. 자유였다. 완벽한 여행의 마지막 순간. 하염없이 자리에 누워 시간을 보냈다. 나의 플레이리스트에 있는 최유리의 「숲」이란 노래를 재생해 봤다.

노래는 여행 내내 내게 좋은 영감을 선사해 줬다. 피아노 반주가 흐르자 갑자기 마음속에서 뭣 모를 감정이 훅 하고 올라왔다. 참아 보려고 해도 참아지지 않는 감정. 주책이지만 갑자기 눈물이 왈칵 나왔다. 어디서부터 오는 눈물일까 스스로 당혹스

럽기도 했다. 그냥 모든 순간이 참 아름다웠다. 다시 오지 않을 순간 속에 한없이 푸르렀던 내가 있었다. 그리고 여행이 끝난 지금 한층 더 단단해진 내가 되었다.

이 모든 과정과 순간이 소중하고 행복했다. 푸르른 5월에, 푸르른 내가, 푸르른 추억을 잔뜩 안은 채로 기어코 전국 일주를 해냈다. 이제 일상으로 돌아와 늘 그랬듯 하루하루를 버텨 가겠지만 새롭게 반짝이는 추억으로 더 힘내서 살아갈 수 있는 용기가 생긴 것 같다. 나이를 불문하고 길 위에서 만난 소중한 인연과 많은 이야기를 나누기도 하며, 온전히 내일에 대한 걱정 없이 벅찬 풍경과 이야기로 가득했던 여정.

나에게 가장 아름다운 계절을 말하라고 하면 확실하게 5월이라 대답할 수 있다. 기분 좋은 산들바람과 함께 춥지도, 덥지도 않은 적당한 기온 속에 푸르름이 하나둘씩 돋아나는, 어떠한 계절이라고 단정 짓기 애매한 그런 5월의 훈풍 속에 나의 청춘도 푸르게 피어오르고 있었다. 앞으로 두 바퀴도, 나의 청춘도, 계속해서 종착지가 어디든 힘차게 달려 나가야지.

"내가 가고자 하는 곳에 늘 뜻밖의 선물이 기다리고 있다!"

전국 일주

어느새 나에게 바이크란 이동 수단이 아닌, 삶의 일부가 되었다. 바이크 위에 오르는 순간 함께하는 모든 순간이 도전의 연속이었으며, 자양강장제를 먹은 것 마냥 두 바퀴 위에서 바라보는 세상은 나에게 큰 활력을 안겨 주었다. 덕분에 아빠와, 그리고 길 위에서 만난 많은 사람과의 추억을 한 아름 안았다.

내가 경험한 바이크 라이프는 적적하거나 생각을 비우고 싶을 때 언제든 혼자 길을 나서 유유자적 달리며 온 풍경을 온몸으로 고스란히 느끼는 일이다. 공허한 마음에 많은 것을 담아 주는 고맙고 기특한 존재. 아빠의 삶에도 청춘을 느끼게 해 준, 소중한 친구이기도 하다. 지금 와서 생각하니 내 인생에서 큰 전환점이기도 했다. TV 출연, 전국 일주, 유튜브, 책 등 바이크 덕분에 이 많은 경험을 할 수 있었다. 처음 느껴 보는 행복의 연속이었다.

바이크 타기를 선뜻 추천하기가 쉬운 일은 아니다. 설령 사고라도 난다면 위험한 것도 사실이니까. 하지만 직접 경험한 바이크 라이프를 토대로 말하자면, 바이크는 참 좋은 취미라는 거다. 속도를 늦추고 천천히 바람을 즐겨 보길. 분명 인생에 새로운 장이 열릴 것이라는 걸 확신한다.

속도를 늦추는 방법을 배우고, 궂은 날씨 속에서도 결코 굽히지 않는 의지를 얻게 되었으며, 뜻대로 되지 않는 여정 속에서도 결국엔 목적지에 다다르게 되는, 해내고야 마는 자신을 발견한다. 이 모든 과정을 나의 삶 속에 빗대어 보니 용기가 생기기 시작했다. 스로틀을 얼마나 감느냐가 중요한 게 아니라, 브레이크를 얼마나 잘 쓰느냐가 더 중요하다는 것도 깨닫게 되었다. 뜻하지 않은 성과였다.

바이크와 삶의 호흡. 이 즐거움을 오래 함께하기 위해서 앞으로도 더 안전하게 달려야겠다. 머지않은 날 세계 곳곳을 달릴 나를 상상해 본다. 상상하면 꿈은 이루어진다. 도전을 앞두고 주저하는 사람에게 주저하지 말고 그 문을 두드려 보라고 전하고 싶다. 어느 곳으로든 길은 이어지기 마련이니까.

P.S 이 책을 완성하기까지 늘 함께 욜로욜로 여행해 주시는 든든한 아빠와 촬영 및 많은 도움을 주신 전민 님께 감사의 인사를 남깁니다.

올로
졸로
바이크
여행

초판 1쇄 인쇄 2023년 08월 10일
초판 1쇄 발행 2023년 08월 21일

지은이 이다람
펴낸이 이준경
편집장 이찬희
책임편집 김경은
기획 김아영
책임디자인 정미정
디자인 이 윤
마케팅 손동운
펴낸곳 (주)영진미디어

출판등록 2011년 1월 6일 제406-2011-000003호
주소 경기도 파주시 문발로 242 파주출판도시 (주)영진미디어
전화 031-955-4955
팩스 031-955-4959

홈페이지 www.yjbooks.com
이메일 book@yjmedia.net

ISBN 979-11-91059-45-8(03810)
값 18,800원